JN076311

Shitsukoku

Warui Tabemono

Akane Chihaya

Shueisha

しつこく　わるい食べもの

ふたたび「わるたべ」

友人と甘味はしごをしたときのことだ。

フランスのバターは永遠に食べていられると豪語する友人はアクセサリー作家で、私以上に仕事人間であり、私以上にひきこもりだ。買いつけ以外の旅はしないという彼女と、取材以外の遠出はほぼしない私が、会うとなるとこれでもかと食の欲望に走る。

ケーキ屋、ジェラート専門店とはしごして、喫茶店に入ったところで「イメージと違うって言われない？」という話になった。作品展示会などで実際にお客さんと接すると、そう言われることがあるそうだ。つい「ある！　ある！」と鼻息荒くなってしまった。

彼女のアクセサリーは美しい。私もいくつか持っているが、パーツへのこだわり、つける人への配慮、なにより彼女自身のアクセサリーへの愛と願望が詰まっている。彼女の作品からは強さを感じる。自らの体を飾ることを全力で肯定してくれている気がするのだ。

そんな彼女はアクセサリー制作や梱包（こんぽう）に一日の大半の時間をかけていて、それ以外のことはなるべく省きたい。「家でなに飲むの？」と訊けば、「水ですね。お湯わかす時間も惜しい」と即答する潔さ。かっこいい……！　と私は唸ってしまうが、お客さんからはときどき「もっと繊細な人かと思ってました」と言われるそうだ。

彼女のアクセサリーは間違いなく繊細だ。しかし、だからといって、なぜ作り手の性格まで繊細だと思うのか。いや、繊細だ。繊細で器用でないとできない仕事だということは作品を見ればわかる。要するに、そう言った人は彼女を「繊細でない」と決めつけているのだ。

去年（二〇一八年）の暮れに初めてのエッセイ『わるい食べもの』を刊行してから、私も「小説のイメージと違った」と言われることが増えた。

小説は私の作品で、私ではない。彼女のアクセサリーも彼女の作品で、彼女本体ではないし、彼女が繊細だろうが豪快だろうが、購入したアクセサリーはなにも変わらない。

それに、イメージって個々人のものだ。全人類のイメージに合わせることなんて不可能だ。どうしようもないんじゃあ、なにして欲しいんじゃあ、と彼女は三個目のパフェを、私はナポリタンをぐるぐるしながらぼやいた。おかげで味をよく覚えていない。

エッセイを書くまで、私はこんなぼやきとは無縁であった。小説に関しては「読んだ人がどう感じようと自由」と思っているので、どんな感想を目にしてもさほど響かない。そうか、そう読むのかふむふむ、と思う。ネットにあがる感想も自主的に読むことはほとんどない。

けれど、エッセイとなると違う。仕事関係の知人に「千早さんは美食家だと思っていたのに」

と残念がられたりすると、「あなたにとっての美食の定義ってなんですか」と詰め寄りたくなる。ネットの感想を見て「めんどくさそう」とか「一緒に住んだら大変そう」とか「食べすぎでひく」と書かれているとカチンとくる。よく読め、偏屈だって書いてあるだろうが、いやいやあなたと一緒に住む可能性とかないから、金銭的に迷惑をかけてない人に食べすぎとか言われてもな……とくさくさする。最終的には「知らんがな」と思うが、小説の感想より心乱されることは明らかだ。

これは一体なんなのか。エッセイが苦手で、エッセイがわからない、と悩みながら連載を続け、本をだし、ますますわからなくなっている。エッセイ、お前は、なんなのだ。

私はエッセイに嘘は書かないが、すべてを書いているわけではない。だから、ここに書いていくことは私の一面やひと欠片にすぎない。二十四時間暴食しているわけでもないし、自分も知らない顔を持っていたりもするだろう。でも、エッセイというものは小説とは違う場所で書き手に繋がっているのかもしれない。ちょっと目の届かない、触れられると頭よりも感覚が反応してしまう敏感な場所に。

エッセイ本をだして変わったことはまだある。人から食の体験談を語られるようになったことだ。「実は○○を△△して食べるのが好きなんです」「鍋ドン、うちもしています」「私も給食の牛乳を憎んでいました」「食にいっさい興味がないんです」偏愛、嫌悪、告白、共感……食という毎日欠かすことのできない行為だけに誰もが語ることのできる物語を持っている。それを打ち明けてもらえるのは純粋に面白い。今まで知っていた人の違う一面を知ることができるし、こんな嗜好があったのかと驚かされもする。

「イメージと違う」って、本当は彩りだと思う。イメージ通りの人生はどこかで見たような景色を見続けるようなもので、きっとつまらない気がする。生物としても弱くなるんじゃないだろうか。素晴らしく美味しいチョコレートや料理にめぐり会えたとき、「永遠に食べていたい……」と口にしてしまうが、本当にそれが叶ったら数日で飽きてしまうことは目に見えている。イメージ通りの人間や人生だってそれと同じだ。飽きて倦んで灰色になった世界に予想もつかない驚きが色をつける。鮮やかかもしれないし、濁った色かもしれない。けれど、「イメージと違う」その色は新しい色には違いないのだ。

そういうわけで、私はまた得体のしれないエッセイというものに食を通じて向き合おうと思う。担当T嬢からは「我々の闘いのゴングが鳴るときは、もうすぐそこですぞ……！」という意気天を衝かんばかりの原稿催促のメール。初めての方も、ふたたびの方も、お付き合いいただけたら嬉しい。

しつこく　わるい食べもの　もくじ

悪党飯

悪い奴(やつ)らの飯はうまそうだ。

子供の頃からなんとなくそう思っていたのは、『ゴッドファーザー』の影響が強い。家で観る映画のジャンルは限られていた。母はやたらとミュージカルを勧めてきた。妹は好きそうだったが、私は人がいきなり歌って踊るという状況がどうしても呑(の)み込めなかった。

だから、父と一緒に映画を観た。父の趣味はいくぶん偏っていて、クリント・イーストウッドが主演のアクションもの、侍もの、西部劇が大半を占めていた。そこにときどきギャング映画が交じる。内容はよくわからなかったが、ギャング映画の緊迫感と不穏な空気は気に入っていた。人がいきなり歌って踊るのは駄目だが、人がいきなり銃撃戦をはじめたり殺されたりするのはなぜか呑み込めた。

『ゴッドファーザー』は言わずと知れた三部からなる超名作で、大人になったいまも何度も観返しているが、初めて観たときはパスタに釘付(くぎづ)けになった。イタリア系移民のマフィア映画なのでパスタがでてくるのは不思議ではないが、そのパスタがスパゲティ・ミートボールだった。

スパゲティ・ミートボール！　思わず巻き舌で唱えてしまう。ミートボールが入ったスパゲティは子供の憧れだ。アニメの『わんわん物語』や『ルパン三世　カリオストロの城』にもでてくる。それを悪そうな男たちがわいわいと食卓を囲み、ママに作ってもらって食べている。用心棒も一緒だ。これから人を殺したり脅したりして悪事を働く奴らがスパゲティ・ミートボール！

キュンとした。不良が雨の日に仔犬を拾うところを目撃してしまったかのようなときめきを覚えた。悪い奴らの晩餐(ばんさん)に交じりたいと思った。

ミートボールはこれまたマフィア映画の名作『グッドフェローズ』にも登場する。男の料理映画は、と訊かれれば真っ先にこれをあげたい。こちらの悪い奴らは警察に監視されながらもトマトソースの鍋から目を離さず、こだわりの配合のミートボールを捏(こ)ね、刑務所に入れられても上質なワインや食材を調達し自ら腕をふるって料理をして、ファミリーで食卓を囲む。マフィアの幹部がニンニクを剃刀(かみそり)の刃で薄くスライスするシーンは有名だ。

最近の映画では、マフィアではなくアイルランド系ギャングだが『ブラック・スキャンダル』の食事シーンも印象的だった。実在の凶悪犯であり、ギャングのボスだったジェームズ・〝ホワイティ〟・バルジャーが主人公なのだが、彼がこれから手を結ぼうとする相手の家で夕飯をご馳走(ちそう)になるシーンがある。料理を褒めるホワイティに気を良くした相手がレシピを教えようかと言った瞬間、ホワイティが静かにキレる。「お前は家族の秘密を簡単にばらすのか」と。

凍りつく晩餐会。同じ食卓にいたら一瞬で味がしなくなるだろうなと思った。

ちなみにホワイティはジョニー・デップが演じている。私はこの禿で顔色の悪い凶悪犯役のジョニー・デップが一番好きだ。悪事においては『シザーハンズ』並みにピュアだと思う。ジャック・スパロウ役はいまいちだ。ゾンビと海賊は風呂に入っていなそうで受けつけないせいかもしれない。

正義のヒーローの食卓より、悪者の食卓のほうが格段に魅惑的だ。ヒーローはプロテインなんかを摂取して健康に気をつかっていそうだが、悪者からは「俺はどこにいようと誰がなんと言おうと俺の好きなものを食うぜ」という気概を感じる。とても自由だ。自分のことだけしか考えず欲望に素直なので、美味を知っていそうだし妥協もなさそうだ。

そんなことを思っていたら、『羊たちの沈黙』のハンニバル・レクター博士に出会った。もう彼においては「観た」ではない。独房の中で微笑みを浮かべながら立つその姿を目にした瞬間に「出会った」と思った。医学博士にして美食家、美意識が高く芸術を愛し、礼儀にうるさい猟奇殺人犯の彼は人肉を食す。料理の腕は超一流、人の脳を生きたまま焦がしバターソースで調理したり、人肉を材料にしたと思われるお洒落デリボックスを機内に持ち込んだりする。ドラマ版『ハンニバル』では腕はますますあがり、遠心分離機なども駆使して芸術的なまでに美しい料理の数々を披露してくれる。もちろんこちらも食材は人間。

ギャングたちと違って彼は群れない。たった一人で無礼者を殺害し、誰からも理解されない孤高の美味を追求する。世の中のルールもモラルも関係ない。血塗られた残虐で野蛮な行為を顔色ひとつ変えず遂行する。けれど、完成する料理は美しく豪奢（ごうしゃ）で、招かれた客人たちは人肉とは知らずに食べてしまう。その姿を、微笑みを浮かべながら見守るレクター博士。心底、悪い奴だと思う。思いながら、その完璧で孤独な食卓にうっとりさせられてしまう。彼は私にとって至高の存在だ。

欲望を追い求めた先には、きっと艶（あで）やかな地獄がある。その危険さと甘やかさを悪い奴らは味わっている。欲望のために犯した罪で、明日はどうなるかわからない。殺せば、いつか自分も殺されるだろう。そんな、今しかない彼らの食卓が豪華にならざるを得ないのはわかる。

けれど、きっと私が味わうことはない。悪い奴らの食卓には私が知ることのない美味があり、禁断の果実のように憧れ続けている。

闇カツ

トンカツ屋に誘われると、非常に緊張する。

揚げ物は好きだ。誘うほうもそれを知っている。笑顔のまま、はらはらしながら店に入り、メニューをひらくとき、緊張はピークに達する。サイドメニューのない硬派なトンカツ屋ならばヒレカツを選び、洋食寄りの店ならばエビフライやクリームコロッケに逃げる。しかし、ときどきトンカツに挑まざるを得ないことがある。ランチの定食がそれしかなかったり、カツカレーやカツ丼が食べたくなったりしたときだ。

トンカツは覚悟を決めなくては食べられない。ロシアンルーレットのような気分だ。いや、食べものなので闇鍋か。「トンカツは闇鍋」と言うと、たいてい奇妙な顔をされる。

豚肉は嫌いではない。ただ、どうしても食べられない部分がある。脂身だ。物心ついたときから苦手だった。それが衣で隠されてしまっているのが問題だ。ロースはどちらか片方の端に脂身があるが、肩ロースは切り方によっては中央部分が脂身になることがある。頼むから衣をつける前に肉を見せてくれ、と思う。ショーケースのある串カツ屋は揚げる前の具が見えて最高に安心する。家でトンカツをするときは慎重に脂身を取り除いた千早用カツを作る。

トンカツのカットされた断面を注意深く観察してそろそろと口に運ぶ。数ミリ齧りとる。からりとした衣とジューシーな肉。カツの旨さに我を忘れてつい大きくかぶりつくと、脂身に到達してしまう。食感がおぞましい。グニュッと歯が食い込み、グジュワーと脂が溢れでる。絶叫しそうになる。毒を盛られたのかと騒ぎになりそうだから叫べない。えずきながら涙目になって呑み込む。脂身大好きな友人は分厚い豚の脂身を「さくさくする」と嬉しげに語るが、それを聞くだけでぞくぞくする。ぐにぐにもさくさくも嫌だ。なので、トンカツを食べている間は緊張状態が続き、肉に没頭できない。私にとって肉とは脂身以外の部分を指す。真の肉好きじゃない？　知らんがな。


「闇鍋」という恐ろしい存在を知ったのは、おそらく漫画だったと思う。小学生か中学生の頃だった。なんの漫画だったかは忘れたが、ギャグ要素の強い話で、闇鍋はおぞましいものとして描かれていた。食材ではないものも入っていたと思う。

西洋童話の「石のスープ」の話は知っていた。吝嗇な村を訪れた旅人が「石を煮てスープを作ります」と鍋と水を求める。見物する村人に彼は「少し塩があればもっとおいしくなるのに」「肉があれば」「野菜があれば」と残念がってみせ、あちこちの家から食材を集め、やがて美味しいスープができあがる。旅人の機転と偶然によって作られる素敵なスープは、村人たちを団結させ幸福に騙す。しかし、闇鍋にはどうもそれとは違う不穏な気配があった。

なんなんだ、と思い辞書で調べた記憶がある。いま、手元にある広辞苑には、闇鍋は闇汁に同じとして、「冬などに、各自思い思いに持ち寄った食物を、灯を消した中で鍋で煮て食べる遊び。また、その煮た物」と明記されている。他の国語辞典もほぼ同じ内容だ。しかし、これがウィキペディアになると、「通常では鍋料理には用いない食材が利用される事が多い。食事を目的とした料理というよりは遊び、イベントとしての色彩が濃い」が付け足される。

ちょっと待ってくれ。なにかわからない食材を暗闇で食べるのでさえ怖いのに、鍋の常識を外れたものが入っているとか遊びではなく拷問だろう。しかも、煮てあるのだ。運良く常識の範囲内の食材にあたったとしても、非常識な食材と一緒に鍋でぐらぐらされているということは非常識エキスは浸み込んでいる。渾然一体感こそが鍋なのだから。要するに参加者全員地獄行きということだ。そんな食べものが存在することが驚きだった。食べものは幸福のためにあるんじゃないのか。

私がウィキペディアを多用する人間を信じないのはここからきている。ウィキペディアの闇鍋規定のほうが悪ふざけ感が強い。人が本気で嫌がっていることを「ウェーイ!」とか言って済ましてしまいそうな気配がある。

人が集まってたこ焼き大会をすると(「タコパ」とは口が裂けても言いたくない)闇たこを作ろうとする奴がいる。でた! ウィキペディア野郎だ、と思う。餃子大会でも、いる。ワサビとか明らかにまずくなるとわかっているものを入れて、隠して、なにが楽しいのかまったくわからない。ひとつ闇物体が投入されただけで緊張が走り、その物体にあたらなくともお腹を壊しそうになる。冗談が通じないと思われてもいい。食べもので遊ぶのも、食べものでスリルを感じるのも、御免こうむりたい。

しかし、奇跡が起きることもあるのだろうか。誰かの悲鳴を聞く気で持ち寄った食材たちが化学変化を起こし、嗅いだことのない芳香をただよわせ前代未聞の絶品鍋が生まれることがあるのかもしれない。マレンゴの戦いでナポレオンはお抱え料理人デュナンに食事を作るよう命じる。食糧の不足した戦地で彼は農家から野菜を集め、川で捕らえたザリガニとあり合わせの料理を作る。大将にそのへんのザリガニ……と不安になるが、ナポレオンはいたくお気に召し、「マレンゴ風」として歴史に残った。似たようなことが起きる可能性もある。そのとき、闇鍋の忌まわしい歴史にひとすじの光がさすだろう。

そんなことを考えながらトンカツを食べ、グニュッ、グジュワーにぶつかる度に、ない、と涙目になりながら思う。無理なものは無理だ。食に関しては安心を求めたい。

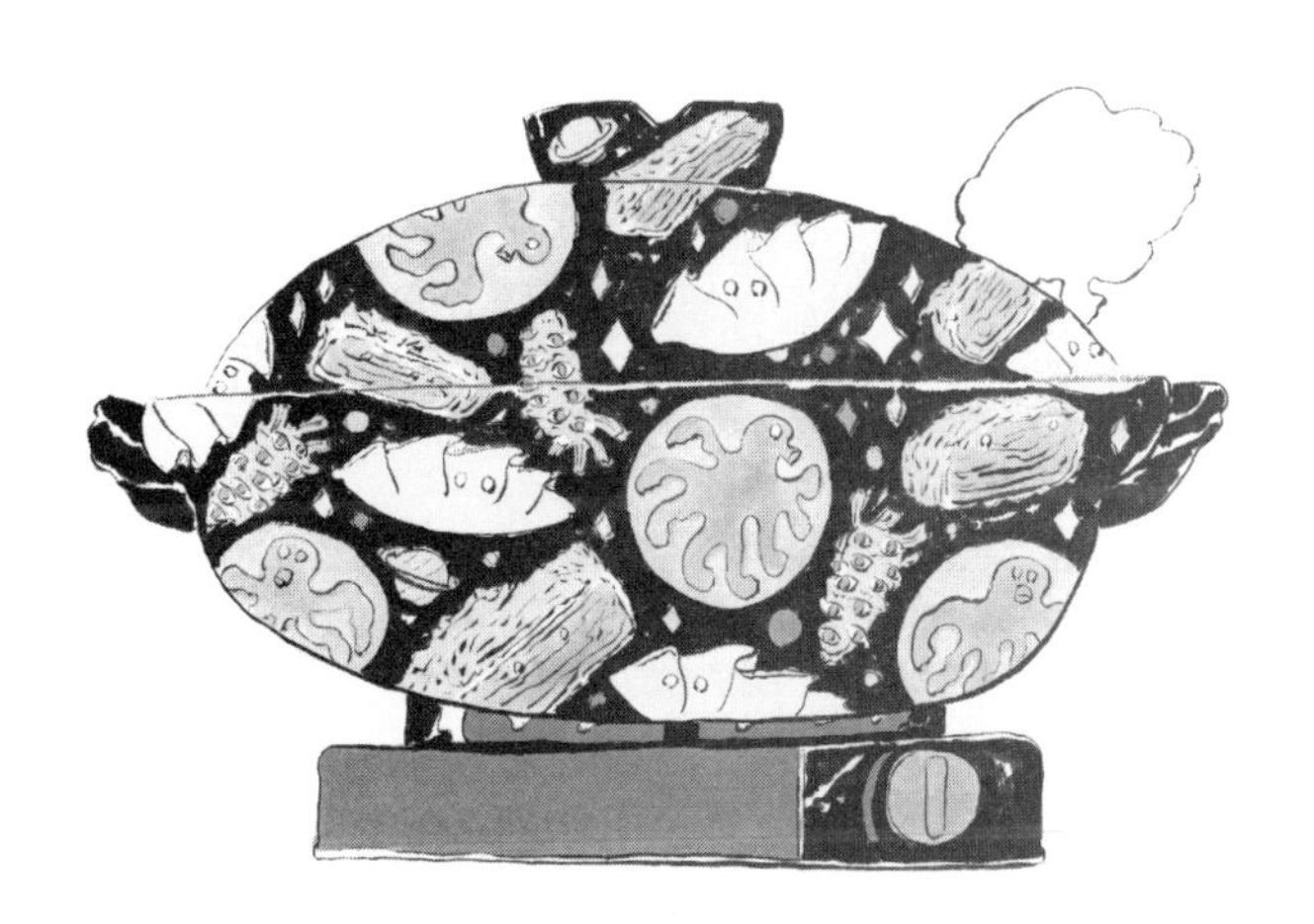

よぼよぼ梅旅

今年の夏はあまりに暑かった。逃げ場のない感じがした。けれど、連日のように「酷暑」「猛暑」と報道されていたせいか、逆に夏バテにはならなかった。日々、構えていたからだろう。

おかげで、九月に入って秋バテがきた。だるい、眠い、やる気が起きない。いつも通りのような気もするが、格段に深い。おまけに仕事も詰め込んでしまっていて、負の空気をしゅうしゅうと吐きだしながら暮らしていた。

と、旧知の友、M子が「電車で海を見にいきたい」と言いだした。私が偏屈爺（じじい）なら、M子は温厚婆（ばばあ）だ。「ぽたぽた焼」のおばあちゃんぽい。お互い仕事に疲れると、老後まで茶飲み友達でいようねえ、と言いながら菓子を持ち寄りよぼよぼと茶をしている。

「行こう」と即断した。目的は二人が大好きな南方熊楠（みなかたくまぐす）記念館と温泉ということで、和歌山県の白浜（しらはま）に宿をとった。

和歌山といえば紀州、南高梅（なんこう）だ。梅が好きだ。スナック菓子のフレーバーに梅味とレモン味があると必ず買ってしまう。特に「かっぱえびせん」の「紀州の梅」味が大好物なのだが、期間限定商品なので、売り場にでまわる時期は毎日食べている。

飲み過ぎた次の日は、梅干しを焼いて番茶をそそいだものを飲むと調子が良くなる。なにより、甘味はしごに梅は欠かせない。砂糖でだるくなってきた口と体を梅は一気に回復させてくれるので、私の鞄には疲労回復用の干し梅と糖分補給用の小形羊羹が必ずといっていいほど入っている。紀州梅一〇〇パーセントの「ぺたんこちょび梅」を愛用している。干し梅は甘味料を使ったものが多いのだが、これは原材料が梅と塩だけなので、酸味と塩気がガツンときて、いい。

梅、梅、とわくわくしながら特急電車に揺られた。くずれ梅干しが手に入ったら「梅湯流し」をやってみようと思った。梅の殺菌効果で胃腸の大掃除をするデトックス方法らしい。好きな食べもので健康になれるなんて一石二鳥だ。

さて、白浜駅に到着。日差しが強い。夏に戻ったようで、うっとなる。細めた目に白黒のものが映った。

パンダだ。駅の壁にも、ホームの地面にもパンダのマスコットが描かれている。改札をでるとパンダベンチ。道を尋ねたタクシーの運転手の帽子もパンダ。土産物売り場にも白黒の一角がある。あれっ、梅は……？

アドベンチャーワールドでパンダの子が生まれたようで、町全体がパンダ推しだった。アドベンチャーワールドは次の日に行ったが、パンダグッズだらけの広大な土産物売り場があり、貸出ベビーカーはパンダ、パンダカートもあった。館内で食べる団子や中華まん、ホットケーキ、オムレツにいたるまでパンダのかたちだった。おかげで、白と黒のものを見ただけでシミュラクラ現象のようにパンダの顔が浮かぶようになってしまった。パンダに興味のない私が知らないだけで、世間的には白浜といえばパンダになっていたようだ。

梅はいずこに……とよぎる不安を抑えつつ、南方熊楠にひたり、海を眺め、ぬるく重たい風に吹かれながら浜辺を歩いた。温泉街に近づくと、梅の店やのぼりがちらほらとあらわれた。たくさん歩いて疲れていたので、これ幸いと梅ソフトクリームを食べた。梅うどんも梅駄菓子もたくさんある。けれど、なにか違う感が否めない。

梅ソフトクリームを見つめる。ピンクだ。そして、甘い。

「ちはこ、梅干しの試食ができるみたいよ」とM子が言う。彼女が私を呼ぶときの平仮名の「ちはこ」はいつも和む。「うんうん、食べさせてもらおうか」とお店の方が勧めるものをいくつか食べた。かつお梅、はちみつ梅、紫蘇（しそ）梅、減塩梅……塩もさまざまな濃度がある。「いっぱいあるから迷うねえ」とM子。いや、迷わない。「塩と梅だけで作っているのをください。塩が表面で結晶化するくらいのを」と断言する。大容量のくずれ梅干しも手に入った。

M子はいろいろな種類の梅干しをミニパックで買った。宿の夜ごはんにでてきた梅そうめんをすすりながら、「やっぱ、梅干しは塩だけがいいんだよ。白干梅がいい」と語った。あと梅製品の色が気になる。梅はピンクではない。どちらかといえば肌色だ。ちょっと血色が悪く、たるみだした黄色人種の肌のような。まさに、おばあちゃんの皮膚。ピンクに思えるのは赤紫蘇の色ではないか。

以前、香道の調合師に取材をさせてもらったとき、梅の香りを作るのは大変なのだと聞いた。消費者テストをすると、梅干しの匂いを梅の香りだと思っている人が多いそうだ。しかも、赤紫蘇の匂いを梅だと思い込んでいる。本当は紅梅と白梅でも香りは違う。そして、調合師が作りたいのは梅の実ではなく花の香だった。私は昔、盆栽の白梅を育てていたことがあったので、花が咲いたときの香りを知っている。梅干しとはまったく違う、甘酸っぱく、やわらかな気高い香りだ。朝夕によく香る気がする。「みんな自分の梅の香りがあるんですよ。そういうものは難しい」と調合師は困ったように笑っていた。

帰りの電車で「私は梅に対して偏狭だとわかった」とM子に言うと、「ちはこはだいたいにおいてそうだよ」と微笑まれた。温厚婆は笑顔で刺してくる。そういえば、生の青梅には毒があったなと思いだした。

台所の妖怪

数年前、知人や友人がいっせいに炊飯器を捨てたことがあった。「断捨離」とかいう言葉が流行(はや)った頃だったと思う。いまも流行っていたらすみません。

「炊飯器、捨てたよ!」「俺も!」「なんかすっきりするよね」「よく考えたら邪魔だったわ」そんな会話を聞いて震えあがった。米を……きらきらと輝く炊きたての米を……人生から断ち切ったのですか……? あな恐ろしや、と思ったが、米食をやめたのではなく、炊飯を手持ちの鍋ですることにしたようだった。

炊飯器は場所を取るし、鍋で代用すれば調理器具も最小限で済む。というのが、彼らの炊飯器「断捨離」の主張だった。ワッフルメーカーやたこ焼き器、チョコフォンデュ鍋といった、その料理だけに特化した調理器具は買った当初は盛りあがるものの、いつしか飽きて収納スペースを奪っていく邪魔者になる。人参しか切れない包丁やじゃがいも専用のボウルがないように、それだけのための調理器具というものは効率が悪い。そういう点では炊飯器も「米を炊く」ためだけの調理器具なので例外ではない(炊飯器でケーキや煮込みなんかも作れるようだが、あくまで例外的な使い方とみなして続ける)。

ただ、気になったのが炊飯器を捨てた人たちの中に「持たないことがお洒落」といった空気をだしている者がいたことだ。確かに、自然に寄りそう暮らしを提案する雑誌にも、有名人のモダンなキッチンにも、炊飯器はあまり似合わない。あったとしてもわざわざ撮らないだろう。蒸気が噴きだし、蓋がパカとひらく構造なので上になにも載せられず、肥えた猫のようにデンと鎮座する炊飯器は台所の主のようで、所帯じみたイメージがある。捨てたいのは炊飯器ではなくそのイメージなんじゃないのか、どうせ炊飯器の代わりにポップな色のル・クルーゼ鍋なんか買うんだろ、と拗ねた気分になった。そして、そういう人の台所に限って、コーヒーを淹れるためだけのお洒落なミルやドリッパーがある。なんか癪だ。


なぜ炊飯器に感情移入してしまうのか。

たぶん、私は炊飯器が好きなのだ。どうデザインしてもずんぐりとしてしまう見た目が、炊きあがりを報せる場違いな電子音が、そして米しか炊かないという融通の利かなさが。自らを重ねているのかもしれない。その証拠に、粥用の土鍋を大小二つ持ち、ときどき鋳物鍋で米を炊いたりするくせに、炊飯器を手放そうと思ったことは一度もない。食べものの保温という状態が苦手で、保温機能を使わないくせに炊飯器で日々の米を炊く。

炊飯器はなんだか妖怪っぽい。妖怪とは事象だ。例えば、「塗壁」は暗い夜道で歩行が妨げられる現象で、それに水木しげる大先生が「ぬりかべ〜」と灰色の壁に目が二つの姿を与えた。「小豆洗い」は川辺で聞こえる小豆を洗っているような音だ。なぜか禿げて腰の曲がった爺さんらしき姿を与えられている。本来、塗壁も小豆洗いも目には見えない。塗壁は夜道で人をとどめ、小豆洗いは小豆を洗う。それしかしない。なぜそんなことをするのか。小豆を洗ってどうするのか。妖怪には理由や目的なんかない。人間じゃないんだから。小豆洗いが小豆の代わりに米を洗えば、それはもう小豆洗いではなくなる。米を洗う「米とぎ婆」という違う妖怪があるそうだ。それ、妖怪か……？　ただの、自炊している老婆では……それとも「猫又」のように、人も長く生きると妖怪枠に入ってしまうのか。

　それはさておき、炊飯器も妖怪と似た特性を感じる。

　米を洗って入れ、ピッとスイッチを押せば、ほかほかのご飯ができる。火加減を見てやらなくても、疲れはて床に転がっていても、心を癒す炊飯アロマをしゅうしゅうと噴きながら、米を炊いてくれる。出番がなければ台所の隅っこでむっつりと黙っている。鍋の代わりにもフライパンの代わりにもならない。味噌汁にも、おかずにも協力しない。米に対して非常に一途だ。そうかと思えば、洒落た土鍋と違い、食卓にはあがろうとしない。人間がお代わりをしにくるのを台所でじっと待っている。あくまで米を炊くだけの存在で、そこにしかアイデンティティを見出していない。

　炊飯器は頑なで、なんか、いじらしい。お洒落で、なにもないキッチンを見ると、炊飯器どこだよ、と思う。埃と油でところどころベタついたあいつが、どっしり鎮座していないとどうも落ち着かない。台所という、生活と胃袋を支えてくれる懐の深い場の感じがしない。炊飯器を捨ててしまった人たちはどう感じているのだろう。台所の主の存在をすっかり忘れて生活しているのだろうか。

ある夜、家中の人間が眠りについた頃、しゅうしゅうと米の炊ける匂いが漂いだす。鼻をひくつかせ夢かと思っていると、高らかに鳴りひびく電子音。「あれっこれ、なんだっけ？」「なんか懐かしい」「あ、ご飯が炊けた音だよ！」台所に行くと、炊飯器の姿はない。

いつかそんな体験談が語られるようになったら、炊飯器はしんじつ妖怪になれるのだろう。どんな姿を与えられるのか想像しながら、今日もピッと炊飯スイッチを押す。

セリ科がいい

昔、インタビューで「創作に欠かせないものはなんですか?」と訊かれ、「人参とゴボウですかね、切らさないようにしています」と答えたら、微妙な反応が返ってきたことがある。おそらくまったく伝わっていない。

物語の作り方を同業者以外の人から訊かれることは多い。私自身も音楽や絵にたずさわる人に出会うと、いつ、どんな風にアイデアが浮かぶのだろうと気になるので、なるべく正しく答えようとはするのだが、いつもうまくいかないのでちょっと考えながら書いてみようと思う。

まず、いつも薄ぼんやりと空想している。小さい頃からだ。小学生時代の大半はアフリカに住んでいたので、帰国や旅行などで空港をよく利用した。とにかく、待たされた。空港といえば、壁のように大きなトランクのそばで眠る妹の手を握って待っていた記憶ばかりだ。飛行機に乗っている時間もたいてい長い。家族との会話もなくなり、持っていた本に飽き、眠るのに倦んでくると、私は空想した。自分に都合の良い、いいかげんな物語を頭の中で作っていると、時間は早く過ぎた。

これはいい、と思い、学校でも、友人といても、親戚の集まりでも「暇だ」と思うと、空想に逃げた。退屈な時間がいくらでも潰せた。

この時点では、物語はまだ霞(かすみ)みたいなものだ。私の頭の中にしか存在しない。文字化されないと、誰にも伝わらないし、作品にもならない。そして、文字化したとしても、人に伝わるものになっているかは、また別の話だ。多くの人が物語や小説と呼ぶものは、人に伝わる状態になった文字の塊のことだ。

書きはじめた頃は、詩のような、散文のような断片的なメモばかりだった。うまく繋がらなかった。繋がらないと物語という塊にならない。

職業作家になった今もメモはたくさん書く。掃除や米とぎ、皿洗い、洗濯、散歩といった単純作業をしているときに思いつくことが多い。入浴中に思いついたり、ベッドでまどろんでいるときに浮かんだりすることもあるので、家にはあちこちにメモ用紙とペンがある。

このばらばらのメモを並べ、パソコンの前で唸りながら書くこともあるが、だいたいはそれらのメモがうまく繋がったときに執筆をはじめることが多い。圧倒的に繋がりやすい行動がある。料理だ。包丁を使っているときがいい。火を使いだすと、また違うスイッチが入ってしまい、あまり物語のことを考えられなくなる。

包丁で野菜を刻んでいるときが一番頭がすっきりする。中でも、セリ科がいい。セリ科は人参やセロリ、パセリ、パクチー、フェンネル、三つ葉といった芳香のあるハーブ系の野菜が多い。ざくりと切って、香りが鼻に届くと、バチッと決まる。ばらばらのメモたちが物語のかたちに組みあがる。「いける!」と手応えを感じながらざくざくと野菜を刻み、調理して、執筆に取りかかる。

ここからは糖分と茶に助けてもらう。組みあがった物語が崩れることは滅多にないけれど、キーボードを打って何万字と書き続けるには体力がいる。執筆には欠かせないロッテの赤ガーナや菓子をガソリンとして摂取しながら書き続け、頭を整理したり視点を変えたりしたいときは茶を淹れて気分転換する。

物語を構築するとき調理が有効なのは、調理が触感や嗅覚や味覚といった感覚を刺激する作業だからかもしれない。霞のようだったり、断片だったりする物語に生の肌触りを与えてくれるのは、そういった現実の感覚なのかもしれない。セリ科以外にもゴボウのささがき、葱(ねぎ)や生姜(しょうが)のみじん切り、茗荷(みょうが)の千切り、大根おろしなどがよく効く。どれも香りがよくたつ。大根おろしはしゅばしゅばとあふれる水分にテンションがあがる。

私の生態をよく理解している担当T嬢は「できればたくさんの時間を書くことにあてて欲しいですが、生活というものは千早さんの執筆になくてはならないものですからね」と言って料理にかまけることを否定せずにいてくれる。

しかし、おそらくT嬢は知らない。世の中には逃避で料理をはじめてしまう作家もいるということを。私の愛読する吉田戦車の『逃避めし』がそれだ。締切が迫ってくるとなぜか創作料理をはじめてしまうという、レシピつきの料理エッセイ本である。漫画ネタも入った楽しい本だ。そうめんと梅干しだけ、キャベツとハムだけ、といった手抜きメニューや、「メンマ丼（ソース味、目玉焼きつき）」や「和菓子のサンドイッチ（最中（もなか）、白餡（しろあん）のまんじゅう）」なる、駄目感ただよう悪い飯がいっぱいあってとても和む。作中にある「台所に住みたい」という言葉に心から同感する私は、仕事部屋があるにもかかわらずしょっちゅう台所脇の食卓で仕事をしている。

　料理は、逃避か、執筆の一環か。それを決められるのは私だけなので、あえてグレーにしておこう。

苦い薬

物心ついた頃から、嫌なことからは逃げればいいと思っていた。逃げられると信じていた。だから、とにかく逃げた。保育園の昼寝の時間は眠くなければ脱走をし、学校で嫌なことがあれば無断で下校した。友人と遊んでいても空気が悪くなるとぷいと帰った。授業が面白くなければ注意されても違うことをしていた。そのまま育ったら大変なことになっていた気がする。

小学一年の一学期の終わり、家族でアフリカに引っ越すことになった。動物好きの私は喜んだが、アフリカ大陸に渡るにはたくさんの予防接種を受けなければいけなかった。注射は痛い。注射は嫌いだ。針で変な液体を入れられるなんて気持ち悪い。もちろん私は叫んで拒否し、病院中を逃げまわった。

追いかけてきた父は私を壁際まで追いつめると言った。「選びなさい」と。「注射を受けて家族でアフリカに行くか、注射はせずにおじいちゃんおばあちゃん家で暮らすか」。小さな私は考えて、考えて、注射を選んだ。自分で選んだことなので泣かずに受けた。とばっちりを食ったのは姉の大騒ぎの一部始終を眺めていた妹で、注射への恐怖が伝染して失神しかけた。申し訳ないことをしたと思っている。

一度、注射をクリアすれば終わりかと思っていたが、読みが甘かった。アフリカで暮らしはじめてからもマラリア予防のために薬を飲まなくてはいけなかったのだ。一週間に一回、曜日は忘れてしまったが、いつも夕食の後だった。薬は真っ白で大粒だった。どう呑み込んでも、大きすぎて喉にひっかかる。ものすごく苦い。ちょっとでも舌に触れると、「んー！」と鼻から絶叫がもれ、身がよじれる。体のすべてがこの苦味を拒絶している。苦味を感知してしまえば、その後なにを食べてもなかなか消えない。私は後にも先にもあんなに苦いものを知らない。呑みそこねると薬の表面が濡れて溶けかかり、ますます苦味をまきちらす。当時のアフリカには、オブラートなんていう気の利いたものはなかった。大きすぎる薬を母は割ってくれたが、割ると増えて何回も飲まなくてはいけなくなるので損だと感じた。増えて楽しいのはポケットの中のビスケットだけだ。

毎週、その曜日が苦痛だった。夕飯を食べる手が遅くなる。最初は「がんばれ」と応援してくれていた両親もだんだんと「早く飲んじゃいなさい」といつまでも食卓にいる私を冷たい目で見るようになった。妹はするっと飲めていた。素直だからだと両親は妹を褒めた。私だって素直だ。この物質は嫌だと体が素直に拒否している。ならば逃げよう、と思った。

「薬を飲まなければマラリアになる」と父は言った。そんなの本当かどうかわからない。現地の人たちは飲んでいないのに元気に生きている。そう判断した私は、飲んだふりをして薬をそっと隠し持ち、トイレに捨てて流した。両親が見ているときはご飯やおかずを舌にのせ、その上に薬を放り込み、口腔内の食べもので包むようにして席をたち、トイレで吐きだした。口にものをふくんだまま「ごちそうさまでした！」と元気よく発声する練習をした。食卓を離れるときもまっすぐにトイレに行くのではなく、窓の外の犬に手をふったり、居間のソファに転がったりし、ワンクッション置いてから思いだしたようにトイレに行くようにした。演技は完璧で、一度も見破られることはなく、私は薬を捨て続けた。

ある日、目を覚ますと、天井がまわっていた。起きあがろうとしても体に力が入らない。耳ざわりな音がずっと響いている。自分の呼吸だと気づいたが、止められない。ぽろぽろと涙がこぼれた。それもすぐに乾いてしまいそうなほど体が熱かった。体温計を見た母の顔が険しくなる。四十度近い熱だったらしい。すぐさま近所に住む日本人医師が呼ばれた。医師は眼鏡をかけた優しい人で、『となりのトトロ』のサツキとメイのお父さんに似ていて私はたいそう懐いていた。でも、そのときは違う人に見えた。マラリアにかかると高熱がでることは知っていたので、ぐにゃぐにゃとゆがむ視界で「死ぬの？」と訊いた。「私はマラリアで死ぬの？」と。返事は記憶にない。

点滴に繋がれ、苦い薬をたくさん呑まされ、それらを嫌と拒む気力も体力もない状態で熱にうなされ、食べては吐いた。数日経って、ようやくジュースを甘いと感じられるようになった頃、医師が私を見て目を細めた。いつもの眼鏡のおじさんに戻った、と寝そべったまま思った。

にへらと笑い返す私を見つめたまま、医師は「茜ちゃん、薬、飲んでなかったでしょう」と言った。さあっと血の気がひいた。

医師は怒らなかった。けれど、見抜いていた。いつも穏やかな人に迷惑をかけ、幻滅されたのだと、恥ずかしくて情けなくて泣きそうになった。それは薬よりもずっとずっと苦かった。

それから、薬を捨てるのはやめた。「んー！」と涙目になりながら呑み込んだ。反省したわけではない。逃げられないものもある、と絶望したわけでもなかった。逃げれば後でもっとしんどいことになる、と学んだからだ。

ときどき、あの苦さを思いだそうとする。お酒の味を覚えた私は苦味に鈍感になったのだろうか。あの強烈な苦さをうまく再現することはできない。でも、人からの幻滅や自分の不甲斐(ふがい)なさ、情けなさの苦味はまだまだある。それらからは逃げることができない。泣き叫んでも仕方がない、堪(こら)えるしかない苦さを、私はあのとき初めて知ったのだ。

またまた炊飯器

毎年、毎年、ぼやいている気がするが、夏の暑さがしんどい。

連日、気温が体温を超え、盆地ゆえ風もない、蒸し風呂のような京都の夏。幼少期を過ごしたアフリカよりも、一時期住んでいた鹿児島や宮崎よりも、京都の夏は暑い。夏らしいことをしようという気にもならない。なにをしたって暑いのだ。人としての尊厳を捨てて、昼も夜もただぐったりと溶けたまま、夏が過ぎるのを待つ。

人として機能しなくなっても本能は衰えない。私の場合、夏バテと食欲は別のところにあって、暑いという理由で好物に食指が動かなくなることはまずない。どんなに京都が暑かろうと、茶欲も菓子欲も肉欲も衰えない。毎日欠かせない赤ガーナを冷蔵庫保存しなくてはいけないのが忌々(いまいま)しいが（チョコを冷蔵庫保存で美味しく食べるには少々手間がかかる）。もちろん、米欲も通常通り。餅ですらオールシーズンオッケーなのだ。いわんや主食である米をや。

夏にしか食べられない好物ご飯もある。前作の『わるい食べもの』に書いたが、去年の夏は「すだちご飯」に夢中だった。「とうもろこしご飯」もいい。生のとうもろこしの粒をばらばらにして芯と一緒に米と炊く。芯からダシがでるので、私はシンプルに塩だけで味つけするのが好きだ。とうもろこしがびっくりするくらい甘くなる。バターを溶かして黒胡椒をひいたり、醤油とバターにしたり、塩昆布をのせたりして、わしわしといくらでも食べられる。残った分は焼きおにぎりにして仕上げに醤油をたらす。

こんな私でも、子供の頃は食が細かった。おかかご飯が好物ではあったが、お代わりをすることはまれだった。今は毎食するというのに。なので両親や妹と食事をすると「ずいぶんよく食べるようになったね」と驚かれる。

なぜか。いろいろな理由があるが、ご飯に関しては「保温」が嫌いだったというのが一番だ。どの炊飯器にもついている保温機能。あれが小さい頃からどうしても信じられない。

また炊飯器の話かよ、と思われるだろうが、米はもう私が私たるゆえんのような、遺伝子レベルでの愛着がある食材なのでどうかご勘弁願いたい。

母は毎回、米を大量に炊いた。どう考えても一回の食事では食べきれない量だった。育ち盛りの子に足りない思いをさせたくないという親心だったのだろう。しかし、残ったご飯はそのまま保温された。家族の誰かの帰宅が遅くなったときでも温かいご飯が食べられるようにとの配慮だったのかもしれない。

どうやら母は保温とは炊きたてのご飯がそのまま維持されることだと思っていた気がする。

けれど、私は保温中であることを示すオレンジの光を見る度、不安だった。保温は本当に「維持」なのか？

　維持されているのは、温度だけじゃないのか？　シチューだって火にかけ続ければ焦げるし、水は蒸発する。鳥は卵を温めて孵（かえ）す。同じ温度を維持し続けても物質は変化するだろう。小学校高学年くらいの頃、ついに不安が限界を超え、母に訊いた。「炊飯器の中は密閉されているから大丈夫。もう、すぐ気にするんだから」と笑われた。

　でも、保温状態が続いたご飯は明らかに黄ばんでいた。炊きたてより張りも輝きも失われている。ちょっとにおう気もする。変化しているじゃないか！　と怖くなった。知らずになにか培養しちゃってはいまいか。

　なにより嫌だったのは、炊飯器を開け閉めする度に、内蓋にたまった水蒸気が水滴となって釜の中に落ちることだ。ちょうど蓋と本体のつなぎ目の真下が水滴集中スポットで、その辺りのご飯はいつもふやけていた。ぶよぶよのご飯はあまりに悲しく、私は砂場のようにご飯を掘って水滴が落ちる部分を空洞にした。「なにしているの」と母が怪訝（けげん）な顔をした。「お米ふやけるし、保温、嫌」と言うと、「もう神経質なんだから！　それなら自分で作りなさい！」と怒られた。

　自分が神経質なのは、小学校に入った辺りから薄々感じてはいたが、はっきり言われるとそこそこショックではあった。神経質だと断罪されるということは「普通の人はそんなこと気にしないよ」という意であり、「お前は普通ではないのだ」というネガティブな否定も含まれる。言うほうはそこまで考えていないとしても、言われたほうはそう感じる。けれど、家庭内での神経質行動は、無言で他の人間を無神経だとみなしているんだ、と言われればこちらも返す言葉がない。気になる人と気にならない人で折り合いをつけるのは非常に難しい。

母の言う通り、自分で米を炊けばいいのだが、家には炊飯器はひとつしかない。そして、実家の台所は母のテリトリーであった。

一人暮らしをはじめ、自分の台所と自分専用の炊飯器を持てたときは本当に嬉しかった。しゅうしゅうと噴きでる炊飯アロマを嗅ぎ、自由の喜びに震えた。米は食べるときに食べる分だけ炊く。炊きあがれば電源を切り、保温はしない。余れば一食分ずつラップして冷凍する。

幸運なことに、殿こと夫も同じやり方だった。最近ようやく「どうしてご飯を保温しないの?」と訊いた。料理人の殿は「え」と意外そうな顔をして「だって、それ以上おいしくなることはないでしょ」と答えた。

そうか、とやっと腑(ふ)に落ちた。私は「保温ご飯」が嫌いなのではなく、瞬間、瞬間の美味がなにより好きなだけだった。

胃腸の敵

この世で最もストレスフルな場所は歯医者なんじゃないかと、歯医者へ行く道すがら毎度のように考える。

でも、今日は大丈夫だ。三ヶ月に一度の定期検診だから。歯科衛生士さんのチェックで終わる。虫歯が見つからなければ痛いことはされない。

そう思って、診察台に寝転んで数分、もうストレスを感じている。

腹にエアコンの風があたっている……ちなみに今は真夏だ。膝かけはしてくれているが、お願いだからちょっとずりあげて腹かけにして欲しい。しかし、口をあけっぱなしなので喋（しゃべ）れない。歯科衛生士さんが歯の表面を磨いたり、フッ素を塗ったりする間にどんどん腹が冷えていく。いまにもぐるるっときそうだ。緊張でじわじわと冷や汗がにじみだす。

前作の『わるい食べもの』の感想を見ていると、「胃腸が強靭（きょうじん）で羨ましい」という意見が少なくない。私がたくさん食べているせいでそう思われるのだろう。でも、「溶けない氷」でも書いたように私は腹を下しやすい。かき氷といった冷たいものだけではない、汗をかけば気化熱でぎょっとするくらい体表が冷たくなり、すぐさま腹がぐるるっとなる。なぜか雨の日も腹を下す。しょっちゅう「夏、下痢」「低気圧、下痢」「汗、下痢」と検索をかけている。エゴサーチするより下痢について調べているほうが格段に多い。

特に、梅雨から夏の湿度は胃腸の大敵で、ほんとうにずっと調子が悪い。蒸し暑い京都でも、腹を冷やさないようにしている。ヘソだしファッションなんて絶対にしない。むしろ、キャミソールはパンツにinしている。友人たちに「それはないわ。どんなお洒落しても台無しやん」と死ぬほど笑われようが、下着と腹の間に風を通したくない。

高校生のときはセーラー服だったので、腹がすうすうするのが心からつらかった。男子がシャツをズボンにinしているのが羨ましく、ちょっと不良っぽい男子がシャツをだしたりしているのを見ては「冷えを知らない生物なのだな」と距離を感じていた。そこまで気をつかっても、かき氷は一発でアウトだし、ラーメンも下す。そして、病院や歯医者でも下す。

小さい頃はストレスがいっぱいで、しょっちゅう胃痛を起こしていた。まず学校が嫌、集団行動が嫌、給食が嫌、制服が嫌。他の子が平気なことが私には耐えがたく、身勝手だとか我が儘だとか言われて、ますますつらくなっていく悪循環。毎週のように腹が痛くなり、夕飯時によくテーブルの下で丸くなっていた。寝転がって見るさかさまの家の中はいつもよりまぶしく、食事をとる家族の声が遠く聞こえた。この先、自分はちゃんと生きていけるのだろうか、といつも茫漠とした不安の中にいた。

ストレスに弱いって、なんだか格好悪いと思っていた。いまも歯医者くらいで腹を下す自分は恥ずかしい。なので、歯医者から帰るとよくラーメンを食べる。コンビニやスーパーで「辛(しん)ラーメン」「とんがらし麺」といった辛そうな名前のカップ麺を物色する。どうせどんなラーメンでも腹を下すのだ、むしろ辛いかどうかより辛そうでスープが赤いことが大事だ。油でてらてらと輝いていたらなお良い。ラー油を足しながら、汗をかきかき真っ赤なラーメンをすする。カップ麺のお手軽さは体に悪いことをしているという意識を強めてくれる。汗が冷えてくると、期待通りに腹はぐるるっとなり、歯医者ストレスを激辛ストレスで上塗りする。精神的な打撃にやられるより、物理的な打撃に負けるほうが、同じ腹下しでもダメージが少ない気がする。

　仕事机のそばには季節を問わず「あずきのチカラ」が置いてある。中に乾燥あずきがつまったミニ座布団のような、巨大お手玉のようなもので、電子レンジで温めて血流の悪くなったところにのせる。じんわりぬくまる。あずきのもっさりした匂いに落ち着く。遊びにきた人は「あずきのチカラ」を見ると、「やっぱりパソコン仕事だから肩が凝るんだね」と言うが、実は腹用だ。締切が迫っているとき、トラブルがあったとき、送った原稿の返事がこないとき、じわりと脇汗がにじみ、腹がぐるるっとなる。慌てて温めて、腹にのせる。「あずきのチカラ」では堪えられそうもなかったらスナック菓子の暴食に走る。

　人見知りなので外にでればストレスはたっぷりだ。会食の後はたいてい腹を下すので、満腹でも帰宅してから飲み食いしてしまう。メンタルが弱いことが恥ずかしく、つい暴食による物理的な打撃を与えてしまう。それはなぜなのか。

きっと、ものすごく小心なのだ。小心だから、小心であることを認められない。胃弱なら体質だからと諦めもつくけれど、メンタルの弱さには自分で自分にがっかりする。自分が嫌になると生活が楽しくないし、見えないメンタルというものの鍛え方もわからない。

でも、がっかりするということは、自分は強いと思っているということなのかもしれない。それはちょっと良くないと最近は思う。

限界を教えてくれるのが体だ。痛いというサインを無視したら壊れてしまう。ほんとうは強いも弱いもない。自分に合っているか、いないか、だけのことだ。自分への過信や期待が胃腸の最大の敵なのかもしれない。

学校をはじめとするあらゆる集団生活が駄目で絶望していたが、まあなんとか大人になり生きてこられた。私にしては上出来だろう。ぐるるっと唸る腹を抱えながら「はい、怖くない怖くない」と笑えるようになるのが四十代の目標だ。

菓子争奪戦

イラストレーターのU氏と食事をご一緒したときに好き嫌いの話になった。

「あまりないのだけど」と前置きをして、「芋(いも)だけは楽しくないですね」とその人は言った。わけを問うと、戦時中を思いだすから、と返ってきた。U氏は幻想的な絵を描く、お洒落な紳士だ。戦争と彼のイメージがうまく結びつかなかったが、御年はたしか八十半ば。戦争というものをすこしだけ肌で感じた気がした。

私は芋が好きだが、芋ばかり、もしくは芋しかない状況で育ったら好きでいられた自信はない。アフリカにいた小学生時代、果物といえばいわゆるトロピカルフルーツで、グアバやパパイヤ、パッションフルーツ、マンゴーなんかを食べていた。たまにドリアンやライチも食べた。私はフルーツとは認めないがアボカドを初めて食べたのもアフリカだった。

敷地内にバナナの木がわさわさしているエリアがあった。バナナ畑と呼ぶには小さく、バナナ並木という感じだったが、とにかくバナナが採れた。庭師が巨大な房を切り取って嬉々(きき)として持ってくるたびに、バナナ三昧(ざんまい)の日が続き、おかげで今もバナナに食指が動かない。パパイヤの木も庭にあったが、ある日、雷が落ちて燃えたので印象が悪い。

食べられないことはないが、食べてもなにか楽しくない。U氏の気持ちは少しわかる。一般的に陽のイメージで使われるトロピカルフルーツだが、あのねっとりした甘さや力強い味を想像するだけでテンションが下がってしまう。日本では安くはないマンゴーを「食べすぎて飽きたから」と言えば贅沢者扱いされるが、「それしかない」環境で育てばどんな高級品でもかすんでくる。食料不足の戦時中の切実さとトロピカルフルーツ過多のアフリカ生活では辛さの質がまったく違う。けれど、当時、私は子供で、子供なりの切実さがあった。

アフリカにいた頃はいつも菓子に飢えていた。トロピカルフルーツ以外で手に入る甘味がレーズンとファットブルームを起こし白っぽくなった「キットカット」しかなく、通っていたアメリカンスクールのおやつの時間にいつもがっかりしていた。レーズンなんて菓子じゃない、素材だ。母の手作りの菓子はおいしかったが、おやつというよりは食事に近い感じがした。手作り菓子には過剰さが足りない。菓子は優しくなくていい。級友の「M&M's」や「ハリボーグミ」が羨ましく、日本の「きのこの山」や「アポロ」や「ポテトチップス」が恋しかった。

アメリカンスクールの敷地内にはキンダーガーデンこと幼稚園があり、私と妹は最初そこに入れられた。キンダーガーデンの先生は週の終わり、帰っていく子供たちと握手をしてくれた。金の巻き毛がきれいな、がっちりした体格の先生だった。「また来週」と微笑む大きな手の中にはキャンディが隠されていて、握手をするともらえた。毎週、どぎつい色のキャンディを舐めながら妹と迎えの車を待っていた。キャンディは暴力的に甘かった。甘すぎて正直なんの味かよくわからないものもあった。一番記憶に残っているのがチェリー味で、日本のさくらんぼとはほど遠い味がしたし、黒っぽい悪魔的な赤色をしていた。親には与えてもらえない、体に悪そうな味がすごく嬉しかった。

アメリカンスクールに進んでからも、私はキャンディの甘さが忘れられなかった。金曜、クラスが終わるやいなや、全速力で校舎を飛びだし、キンダーガーデンへ走った。ジャカランダの木がならぶまっすぐな道を息を切らして通り抜け、先生を見つけると「ハンドシェイク プリーズ！」と右手を差しだした。先生はいつも受け持ちの子以外にもキャンディを残しておいてくれていた。それでも先生は「おやおや」というような顔をして「アカネ、キンダーガーデンに戻ってきたの？」とじらす。二言三言やりとりをして、最後にはキャンディ入りの握手をくれながら「足が速いね」と褒めてくれる。

そう、運動が大嫌いで高校の体育の授業はほとんど仮病で休み、今もどんなときでも走ることのない私だが、当時は足が速かった。キャンディを狙う他の子に負けなかった。ひとえに食い意地のおかげだと思う。

アメリカンスクールには季節のイベントがあって、ハロウィンもそのひとつだった。ハロウィンの日は仮装して通学しなければいけなかった。クラス内でも学校全体でもちょくちょくパーティーがあって、ドレスアップしてプレゼントを用意したりゲームを考えたりしなくてはいけない。なんてお祭り好きな学校だ、と思ったが、浮かれた感じはなく、まるでゴミの日には分別してゴミをだすといった感じで、たんたんとイベントを日常に組み込んでいた印象がある。パーティーでの振る舞いも勉強のうちという考え方だったのかもしれない。イベントにはしっかりとルールがあったから。

初めてのハロウィンは、黒髪を生かして黒猫の仮装をした。その日はどの教室にも遊びにいくことができて、先生に「トリックオアトリート!」と言えば菓子がもらえるルールになっていた。先生たち大人は菓子を用意し「トリックオアトリート!」待ちをしていた。ふだんは食べられない菓子をたくさん手に入れられる夢のような日だったはずなのに、へそまがりの私は待たれるとなんだか面白くなく、あまり記憶がない。ピエロの仮装をした妹の、頰にペイントされた涙がきらきらしていて、泣いていないのに泣いているみたいな顔ばかりを覚えている。

ハロウィンよりもパーティーよりも、キャンディをもらうために走っていたときの記憶が鮮やかだ。早めに片付けを済ましてバッグを持ち、ドアにじりじりと近づきながらホームルームが終わるのを待って、力いっぱいに駆けだす。心臓がばくばく弾けそうだった。てのひらに残るキャンディは、私が自分の力で獲得したものだった。手を伸ばして得る菓子は、ルールを守ればもらえる菓子よりも刺激的で、美味しい。

もし、ハロウィンが逆「なまはげ」のように、大人たちを怖がらせなくては菓子をもらえないイベントだったら私は本気で励んだと思う。黒猫なんていう生ぬるい仮装なんかせず、大人たちを恐怖に陥れる作戦を練っただろう。そうして獲得した菓子はきっとすごく美味しかったに違いない。

「ただいま食事中。」

出張や旅行はふだん食べられないものに出会えるので楽しいけれど、四日目くらいから心の一部が死んでいくのを感じる。ホテルのモーニングビュッフェで和洋中の料理がならんでいても、深夜のコンビニで加工食品がみっちりつまった棚の前に立っていても、食べたい！　食べよう！　という好奇心や意欲がわかず、一瞬ぼうっと立ちつくす。なにか食べたいのに、なにが食べたいのかわからなくなる。まずい、と怖くなり、食べたものを日記に書いたり、スマホで写真を撮ったりする。すると、すこしだけ落ち着く。

自分の住む街に戻り、まず向かうのはスーパーで、買い物籠を持って食材を眺めていると、ばらばらになった脳のピースがはまっていく感じがする。家の台所に立ち、買ってきた食材を包丁で切り、鍋で煮ると、頭と体がすっきりする。もう大丈夫だ、と思う。自分のなにが失われかけて、なにを取り戻したのか、はっきり言語化できたことはないけれど、選ぶのと作るのは大きく違うことがわかる。書いたり撮ったりして記録するのは、すこしだけ「作る」に寄った行為だ。

そんなことを考えたのは、坂口恭平さんの『cook』を読んだからだ。鬱の治療のためにはじめた料理本である。毎日の食事の写真と手書きのレシピと日記でできている。食欲にかられてではなく、「手首から先運動」のための料理。まずは米をとぐことからはじまり、土鍋で米を炊く。ネットで調べながらおそるおそる。味噌汁と玉子焼きを作り、完成した朝ごはんの写真を撮り、感想を書く。昼はサンドイッチ、夜はステーキを焼く。そして、明日の朝昼晩の献立を考える。それを、一ヶ月続けた記録だ。

私は鬱の診断を受けたことはないし、料理で鬱が治るかどうかは定かではない（本の中でも治るとは書いていない）。ただ、『cook』を読んでいると、一人の人間が食べることに向き合い、自分の心や体を探りながら手を動かして食事を作るという単純な記録に、生きることはなにかと考えさせられる。仕事や恋愛や対人関係……人生の悩みは多く複雑に思えるけれど、本当はもっとシンプルなのかもしれない。というか、自分で自分を養って生きていくってそれだけですごいことなんじゃないか、と不思議な肯定感がわいてくる。

しかし、本を閉じて自分の台所に立つと体が思いだす。言語化していなかっただけで、料理は小さな肯定感や達成感をくれる。生活の中で習慣になっている行為には、自分を保つ要素が隠れていることに気づく。

リニューアルする前の、雑誌『クウネル』に「ただいま食事中。」というコーナーがあった。

さまざまな職種の人が自らの食事を写真に撮り、日記形式で載せている。見開きに三十枚の写真、一ヶ月の食の記録。カレーが好きでスリランカ人と結婚したデザイナー、飲兵衛の雑誌編集者、肉ばかり食べているスタイリスト、デザイン事務所のおやつ、偏食のカメラマン、ミュージシャンの常備菜、舟屋に住む蔵人の魚三昧の晩酌……毎月一人、登場する。知らない人たちの食卓を眺めるのが大好きだった。カリフラワーのクミン炒めや茄子揚げびたし麺など、自分の食卓に取り入れたおかずもある。

でも、ほとんどは眺めて終わる。忙しい買いつけ中の菓子パンだけの昼食や、菜食主義の人のたんぱく質の摂り方、飲み過ぎでサプリメントと胃薬だけの朝もあったりする。食を通して、人の生活がかいま見えるのが面白かった。殿こと夫もこのコーナーが好きで、別々に読んでは「先月号の○○さんだったら、こういう料理はしなさそう」とか「こないだの△△さん、人参まるかじりだったたね。ちょっとやってみたい」など、まるで共通の知人のことのように食卓の話題にのぼった。『クウネル』のバックナンバーはすべて取ってある。ときどき読み返すけれど、一番よく見るのはこのコーナーだ。

「ただいま食事中。」がなくなった喪失感を埋めてくれたのはツイッターだった。食卓の写真をアップする人がいる。自分がつぶやくだけで、あまり人のツイートは身を入れて読まないのに、食事写真をよくのせる人だけは朝昼晩と追ってしまう。パートナーとの朝ごはん、息子に作ったお弁当、初物の秋刀魚、ライブ前の甘いもの、お疲れビール、遠くに住む親の介護に行く日の新幹線ごはん、特別な日もそうでない日もアップする人にだんだん親近感がわいてくる。実際に一緒に食べているわけでもなく、連絡をして会ってみようとも思わないのに、この人がこれからもおいしく食べて生きていってくれたらいいな、とうっすら願ってしまう。

前にイベントでの質問に「SNSに食べものの写真をのせる意味がわかりません」というものがあった。それにうまく答えられなかったことを、たまに思いだす。私は笑いにしてごまかしてしまったのだ。

本当はこう言いたかった。する人はするし、しない人はしない。見たい人は見ればいいし、見たくない人は見なくていい。どちらが正しいわけでも間違っているわけでもないし、理解し合う必要もない。

でも、言葉にすると突き放しているように捉えられるだろうから言わなかった。

食べることに意味がないように、食の写真をSNSにのせることに意味なんてない。『cook』のように目的からはじまる食の記録もあるだろうけど、こと食に関しては意味という言葉はあまりそぐわない気がする。

みんな、食べている。当たり前のことだけれど、食べなくては死んでしまう。「食べている」を意識するのは、「生きている」を意識することにつながる。そこに意味を求めると、生の意味を考えることになる。そんな重いこと、毎日はできない。しなくてもいいと思う。心身の求めるままに手を動かし、食べる。それだけでいい。

ただ、SNSを見て、今日も誰かが食べている、と思うとき、今日も誰かが自分とは違う生を営んでいると知る。この世には無数の生活がある。そして、どれも同じではない。すごく嫌なことがあったとき、仕事がうまくいかないとき、自分が世界で一番不幸だとくだらない妄想にとらわれるとき、違う誰かのちょっとした生活を知ることは小さなガス抜きになる。少なくとも、私はそうだ。

KU

金針菜、こわい

夏の終わりの頃だ。水餃子を食べに行ったとき、懐かしい再会があった。それは豚肉と木耳(きくらげ)と共に煮込まれていた。そう、人ではなく食材である。ひとくち食べて、「あ、これ知ってる！」と思った。声にだしていた。友人が「え、なになに、それってなんなの？」と身を乗りだした。「わからない。けど、知っている」私はわしわしと食べた。その料理は木耳が主役で、私が知っていると思ったものは茶色く、へろへろしていてあまり存在感がなかった。

メニューを見ると「金針菜」とある。キンシンサイ……？　なんとなく聞いたことがあるような、ないような。金針菜を使ったサラダっぽいものもあったので、そちらも頼んでみた。胡麻油で和(あ)えられた金針菜は、煮込みよりは歯ごたえがはっきりしていたが、「知ってる！」という衝撃はなかった。ただ、おいしいな、と感じた。舌よりも体が、これは好きだ、と言っていた。ときどきそういう食べものがある。予想通り、次の日の体調はすこぶる良かった。

食エッセイなのに内臓の話が多くて申し訳ないが、自分にとっての体調とは、ほぼ胃腸のことなのではないかと思う。胃腸の調子が良いと、体はしゃきしゃきするし、顔色も血流も自然で、睡眠の質すら向上する気がする。反面、胃腸の調子が悪いときは、背中をまっすぐにすることすら難しいのでなにからなにまで駄目になる。チョコレートやケーキやパフェといった甘い嗜好品たちは舌も喜ぶし、脳は昂奮するが、体はというとむっつり押し黙っている。拒否はしないが「ええ、ええ、好きになさいませ。どうせお食べになるんでしょう」と倦怠期の女房みたいな皮肉っぽい諦観を示される。胃腸に良いものを食べると、体は「そう、これ！　ああ、茜、素晴らしいよ！」と陽気な外国人スポーツコーチのようにオープンになる。

偏屈な私だが、体の声にはわりと素直だ。さっそく金針菜を探しにでかけた。近所のスーパーにはなく、高級スーパーの野菜と乾物コーナーを探す。ない。デパートに行って訊いてみるも「それは……なんですか？」と怪訝な顔をされる。二軒目の高級スーパーにもなく、この世に存在するのか不安になって検索すると、ネット販売のものを見つけた。ポチッと購入した瞬間、中華食材コーナーに発見してしまう。すぐに食べてみたかったので見つけた分も買い、結局、大量の金針菜がストックされることになった。

煮物と炒め物とスープを作ってみた。改めて家で食べると、やはり「知っている」感じがびりびりする。特にゴボウと油揚げと一緒に炊いた甘じょっぱい煮物に懐かしさを覚えた。体調(胃腸)もとても良くなる。ただ、下拵えにちょっとだけ手間がかかる。金針菜は生もあるようだが、乾燥のものしか手に入らなかった。水で戻して、ぎゅっと絞り、端っこの固い箇所を切り取ってから煮たり炒めたりする。この行程は初めてした感じがあった。ということは、実家で調理されたものを食べていたのだろうか、と思い母親に訊いてみた。

「記憶にない」という答えだった。家族も「金針菜なんて知らない」と言う。じゃあ、どこで食べたのか……。両祖父母の家は遠かったので頻繁に食事を共にしてはいなかった。金針菜の煮物は滋味深く、ひたすら茶ばんでいて、家の惣菜（そうざい）として食べていた感じがある。一体どこで？　余所（よそ）のごはんを苦手とする私がどこの食卓で食べていたのか。そもそも記憶があるといっても、映像としてではなく、ただ体が知っているだけなのだ。記憶は頭と体、どちらに宿るのか？


　もうひとつ気になることがある。金針菜の見た目は太めの藁（わら）みたいな感じである。金色というか枯れ草色だし、針にしてはふくらみがある。戻したものを噛（か）むとぎゅっと歯が食い込み、袋状になっていることが感触で知れる。菜というから草だろうと思っていたのに、なんとユリ科の植物の蕾（つぼみ）であった。咲くと鮮やかなオレンジ色のユリになるようだ。切り落としていた固い部分は萼（がく）に当たるようだった。

　私にとって花食は禁忌だ。ジビエでもフォアグラでも食べるが、花を食べることに罪悪感がある。花は咲いて目の栄養になるものだ。それ以前に、花は生殖器官だ。いつか実をつけるものなのに、結実する前に食べなくてもいいじゃないか、と思ってしまう。じゃあ、実ったものを奪うのは酷じゃないのか、と言われると悩む。こうやって悩ませられるのが嫌なのかもしれない。とにかく、花は避けたいと思ってきたのに、「懐かしい」と蕾をわしわし食べているとは何事か。

金針菜に恐怖を感じた。知らずに禁を破っていたことにも、立証されないあやふやな記憶にも。金針菜に、というより、自分に。こうだと信じていた自分が自分ではなかったかのような不安。中学の卒業アルバムをひらいたら、自分の名の上にまったく知らない人間が載っていたかのような不気味さ、とでもいえばいいのか。

しかし、金針菜は美味しい。食べるたび、体は喜んでいる。悩んだ結果、私は金針菜を「前世での好物」ということにした。前世などという単語が私の人生に登場するのは、小学生高学年のときに級友と嫌々、こっくりさんをして以来だ。級友たちはやけに前世のことを訊いては一喜一憂した。前世なんて関係ないじゃない、と私はただただ白けていたが、ようやくわかった。説明のつかないことは前世まかせにしておけばいいのだ。

そうやって落ち着きを取り戻し、乾物棚に金針菜が常備されるようになった頃、ふと思いだした。葬り去りたい黒歴史だが、大学生のときに私は絵を描いていた。完成させると、絵の下方に小さなサインを入れていたが、それが蕾のマークだった。まさか……あれ、金針菜だった……？　私、金針菜に寄生されている？　昔の自分は確かに自分であるのに、なんの花の蕾だったかは答えてくれないのだった。金針菜、こわい。

すすれない

まだ寒い四月だった。友人と大阪で遊んでいると急に小腹がすいてきて、知人に「おいしいよ」と勧められたうどん屋に入った。外からなんとなく疑わしいと思っていた予想は当たった。うどん屋は立ち食いだった。一瞬、躊躇（ちゅうちょ）したが、その辺りで他に知っている店はない。「小腹がすいた」なんて格好つけたが、実は空腹で体が冷えはじめていた。

そこで私はまた格好つけた。立ち食い初体験であることを隠したのだ。頼んだ釜玉バターうどんをカウンターへ取りにいき、立ったままパキッと箸を割る。友人はまだカウンターで天麩羅（てんぷら）やおにぎりを物色している。薬味も追加した。えっ、そんなことできるの!? とあっという間に素人であることが露呈する。いやいや、私はシンプルに食べるのだ、と己のうどんに向き合っていたら友人が言った。「ちょっと、どんぶりは持たないんだよ」片手でどんぶりを持ったまま固まる。まわりを見ると、確かにみんな細長いテーブルに置いたどんぶりに顔を寄せている。でも……でも……と思う。座っているときより明らかに食べものと口までの距離が遠い。どんぶりを持たねば、立ち食いではなく屈（かが）み食いになってしまう。結局、最後までどんぶりを持ったまま姿勢良く食べた。店をでると、友人はまた言った。「あむあむ食べていたね」

ああ……と頭を抱えたくなった。

私はすすれない。

ラーメンに興味がなく、あまり外食で麺類を選択することがなかったので、友人たちに気づかれていないが、すすれない。海外育ちだからすする習慣がなかったと言えば、それ以上は追及されることはないが、私以外の家族はちゃんとそばもうどんも素麺(そうめん)もずずずとすすれる。殿こと夫に「私、うどんやそばをあむあむ食べている?」と訊くと、「うん、食べてるね。江戸っ子に怒鳴られそうな食べ方してる」と即答された。

これは修業をせねばなるまいな、と思い、東京生まれ東京育ちの担当T嬢にそば体験をしたいと言った。できれば立ち食いの。「いいですよ、私よくひっかけてますから」と二つ返事だった。大衆そばの本まで教えてくれた。「ひっかける」の意味がよくわからなかったが、お勧めの店に連れていってもらうことにした。

本当のところ、すするのがちょっと怖い。ストローも好きではなく、飲みものについてきても外してしまう。すする力を信じられない気持ちがある。自分の握力を把握できていない赤子が蒸しパンや茹(ゆ)で野菜を握り潰すように、すすり経験の薄い自分はすすり力を把握できていない気がする。食べものを握り潰しても死にはしないが、すすりどころを間違えると気管に入る。

気管支に食べかすが入ってしまったら肺炎になる。病院に勤めているときに誤嚥性肺炎になった人をたくさん見たので恐ろしい。すすりあまって、むせて、鼻から麺類がでるなんてことになったら死にたいくらい恥ずかしい。

　そんなわけで当日、ドキドキしながら東京は京橋でT嬢と待ち合わせた。オフィス街へと向かう。T嬢が連れていってくれたのは「そばよし」というお店で、立ち食いではないとのことだった。混むからと昼前を狙ったが、もうサラリーマンの行列ができていた。ほとんどが首から社員証を下げて手ぶらだ。店の外にメニューがあったがあまりに多くて決められない。そのうちに列はどんどん進んでいく。回転が早い。もたもたしていると、近くの男性が券売機で食券を買うのだと教えてくれる。それを厨房に渡して、席を確保しようとするも、人の行き来が多くてわたわたする。また親切な人が席を移動してくれてT嬢と並んで座る。二人できている人は我々くらいだ。浮いている。と、番号が呼ばれた。慌ててそばを取りにいく。忙しい。

　私は「冷やしむじなそば」を選んだ。葱を入れるか聞かれる。紅生姜がのせ放題だったので、山盛り入れる。細かく刻んだ揚げと天かすの両方が入っているから「むじな」なのだそうだ。そうT嬢に言われても、京都の「たぬき」は短冊切りの油揚げにあんかけなので混乱する。それに、揚げや天かすより桜海老が目立っている。細切りの胡瓜もあって冷やし中華みたいだ。渋く「かけそば」とかにしておけば良かったか、と思いながら、混ぜて口に入れた。「んっ」声がでる。もうひとくち、ふたくち。「わ、すっごいおいしい！」素揚げされた桜海老がさくさく、胡瓜がしゃきしゃき、揚げは甘く麺に絡み、鰹出汁のつゆが浸み込んだ天かすが口の中でじゅわっと溶ける。おいしいを連呼すると、「冷やし天玉そば」を食べていたT嬢は「良かったです！」と目を輝かせた。「おいしい」を言い交わすと熱い連帯感が生まれる気がする。しかも、安い。二人で千円を超えていない。テンションがあがり、はしごをすることになる。

二店目は「よもだそば」、立ち食いであった。昼を過ぎていたのでそんなに混んでおらず、じっくりとメニューを見られた。こちらはもっとメニューが多かった。券売機で目がチカチカする。「ここは揚げものが多いんですよ」とT嬢が言う。確かに、ニラ天玉そばや春菊天そば、ゲソ天そばやコロッケそばなんてものもある。私は「岩下の新生姜天そば」を、T嬢は「ごぼう天そば」にした。だいぶ慣れてきたなと思いながら、どんぶりに顔を近づけると、壁が近い。額が触れそうだ。テーブルの幅が狭すぎる。仕方なく、どんぶりを持って醤油色のつゆを口にふくむ。甘い。喉の奥までくる濃い甘さ。関西のつゆとはまったく違う。けれど、天麩羅に合う。甘いつゆに浸かった衣がなんとも旨い。黙々と食べ、今度はそば湯もポットから注いだ。「そばよし」では、焦っていて飲み損ねたのだ。粉かつお振り放題のおかかご飯があることにも店をでるときに気づいた。おかかご飯は好物だ。絶対にリベンジしなくてはいけない。

「立ち食いそば、いいでしょう」と鼻の頭をテカらせたT嬢がドヤ顔をした。自分も存分にテカってるんだろうなと思いながら頷くと、「ちょっと小腹がすいたときとか、立食パーティーの前とかに、さっとひっかけるといいですよ」と言った。それから、「千早さん、なんでどんぶり持って食べてたんですか？　一人だけ妙に姿勢良かったですよ」と指摘された。そこではじめて、すすり体験にきたことを思いだした。そばに夢中になってすすることを忘れていた。

東京滞在中は朝スイーツをすると決めている。スイーツの前に喫茶店とかでトーストを食べる気にもならないし、いつも腹をぐうぐう鳴らして菓子店に並んでいたのだが、最近は朝そばをひっかけてから行くようになった。十時台の立ち食いそば屋は静かで、ずぞぞぞとそばをすする音だけが響く。「そばよし」では絶対にライスをつけて、おかかご飯にしている。相変わらず、食べているときにどんぶりを持ってしまうし、やっぱりあむあむしている。

江戸っ子の世界でそばをすするのが格好良いとされているのは、誤嚥を恐れない姿勢が潔しとされているせいなのかもしれない。度胸試しみたいな感じで。とすると、老いて誤嚥のリスクが高くなったときに挑戦するほうが格好良いはずだ。老人になる頃までにすすれるようになればいいのではないだろうか。三十年後くらいの粋（いき）を目指そう。

走馬灯パーティー飯

なかなかクリスマスを満喫できない。

昔、洋菓子屋で働いていたことがあるからだ。シュトーレンやパネットーネといった日持ちのするクリスマス菓子が少しでも流行ればいいと思うし、生ケーキを購入する場合も店が最も忙しいイヴを避けてしまう。そして、クリスマスが終わりに近づいていくとクリスマスケーキの売れ行きが気になる。ひとつでも多く廃棄を免れますようにと祈ってしまっている。サンタクロースへのお願いはそれにしたいくらいだ。

近年は食品ロスが話題になることが増えたためか、クリスマスケーキを予約制にする店が増えたように思う。すごくほっとする。人を喜ばすために存在している美しい菓子が捨てられるのは悲しい。

クリスマスケーキと同様に、ここ十年ほど、気にかかっている食べものがある。それは、パーティー飯。もともとパーティーなど縁のなかった私が年に一回、パーティーなるものに顔をだせるようになったのが二〇〇八年。小説家としてデビューしたおかげである。

私がもらったのは小説すばる新人賞。集英社が主催している賞で、年に一回、他三つの賞と共に授賞式が行われ、その後は立食パーティーがある。いまのところ、毎年、舞台は帝国ホテルだ。

帝国ホテルのパーティーなど、それまでの人生で足を踏み入れたことがなかった。高級ホテルを利用するなんてモーニングブッフェやアフタヌーンティーくらいである。「ローストビーフがめちゃくちゃおいしいんですよ」と誰かが教えてくれた。

授賞式でのスピーチをなんとか終え、さあローストビーフだとパーティー会場へ行く。広い。床がふかふか。ドレス姿のお姉さんが飲みものを持ってきてくれる。有名な先生だらけ。まぶしい。それくらいしか頭に浮かばない。いろいろな人が話しかけてくれ、へどもど頭を下げて名刺をもらう。会場のあちこちに食べものがあることはわかるのに、頭がうまく情報を入れられない。匂いも届かない。近づけない。というか、動けない。要するに私は、緊張と混乱で食べるどころではなかった。パーティー会場を離れてから「ローストビーフ、食べられなかった……」と言うと、「まあ、受賞者ですしねえ」と当時も担当だったT嬢が言った。「来年は食べられますよ」

次の年、新しい受賞者を祝いに式にでた。けれど、頭の中はローストビーフでいっぱいだった。パーティー会場に入ると、すぐにローストビーフを探した。巨大な肉塊がでんと目立っていてすぐわかった。なぜ去年は見つけられなかったのかわからない。真っ白なコックコートを着た料理人が薄くスライスして皿にのせてくれる。ホースラディッシュとなめらかなマッシュポテトがそえられている。葡萄色のソースがかかったローストビーフはいつの間にか一口大にカットされていた。お上品！

切りたてのローストビーフは断面が薄桃色で、やわらかく、たいへん美味だった。しかし、いかんせん、お上品。まったく足りない。もう一皿もらいにいこうとすると、知人編集者に話しかけられた。上司に紹介され、名刺をいただく。先輩作家さんもいるので挨拶をする。そうこうしているうちに時間が経ち、パーティーの終了時刻になる。それぞれの賞に分かれての二次会は帝国ホテル付近の飲食店だ。

出入り口へ向かいながらちらりと見ると、まだ料理は残っている。寿司もあったし、鰻もケーキも北京ダックもあった。有名料亭のブースもある。「ローストビーフしか食べていない……」とつぶやくと、「なにしにきてるんだ。声をかけてもらえるのはありがたいことだぞ」と先輩作家さんに言われた。そうか、パーティーとはいえ仕事の場なのだと反省した。

しかし、だとしたらパーティー会場の豪勢な料理は誰が食べるためにあるのか。仕事の場だとしても食べてはいけないはずがない。残すのはもったいない。そう思って毎年挑むものの、良くて三皿くらいしか完食できない。私が立食下手なのかもしれない。話しかけられるとつい食べているものをテーブルに置いてしまう。すると、いつの間にか下げられている。飲みながら食べることもできなくて、置くとまた消えている。食べものを取りにいくと知人に会う。ついつい話し込む。見るからに美味なるものがずらりと並んでいるのに遠く眺めるばかり。話している人もちょっと料理が気になっているようだ。でも、お互い遠慮して言いださずに歓談している。みんな「お上品」の仮面を被っているのか。「格好つけずに、がっつり食おうぜ！」と言いたいがそんな仲でもない。ああ、アニメ『魔女の宅急便』でしか見たことがないような魚のパイがある！　思っても言えない。ちっともパーティー飯を満喫できない。

「パーティーでお腹をいっぱいにするのは不可能ですよ」とT嬢に言われ、去年は途中で退出して好きなビストロへ行った。だが、パーティー会場で食べられなかったストレスで大いに飲み食いしてしまい、気がつくと顔をだすと約束した二次会が終わっていた。

今年は控えめにしようとバーで軽く飲む程度にしたが、二次会の会場を間違えた。なんと同じ名前の店が近場に三つあったのだ。知らないサラリーマンに囲まれて乾杯をしてからようやく気づき、慌てて正しい会場に駆け込むと、もう締めの挨拶をしていた。もちろんなにも食べられなかった。

パーティーはとても華やかな場だ。いつもは独りで仕事をしているので、同業の友人に会い、先輩作家さんにありがたい言葉をかけてもらえるのはとても励みになる。本に関わる人はこんなにいるのかと心強くもなる。帝国ホテルも銀座もきらきらとまぶしく、夢みたいな夜なのだけど、夢でなかったことを教えてくれるのはホテルへ帰る道すがら鳴りっぱなしの私の胃袋だ。

会場のきらびやかな料理を思いだす。ずらりと並んだグラス、氷のオブジェ、蒸し器からの湯気、寿司を握る板前、大きなパイや肉を切りわける料理人、銀のトレイに盛られた無数の食べもの……マッチ売りの少女になった気分だ。残りものでいいから欲しい。あの料理たち、いまどこにあるんだろう。まさか廃棄したんじゃあるまいな。

痛切にパーティー飯の行方を想いながら、ホテル近くのコンビニに駆け込む。一年で最もコンビニを満喫するのはこの日だ。

おいしい呪い

たった一言で、食べているものを美味に変える魔法の言葉はあるのだろうか。

残念ながら、まだ知らない。けれど、偏屈な私にとってたった一言で食べているものをおいしくなくさせてしまう呪いの言葉は存在する。たぶん、それは大多数の人にとってはなんでもない一言だ。けれど、私はどうしても聞き流せず、その威力は絶大だ。外食するときは、どうかその言葉をかけられませんようにといつも祈っている。

ありがたいことに飲食店でその言葉を聞くことは滅多にない。初めてその言葉を浴びたのは料理教室でだった。先生に指導されながら参加者と調理をし、いざ、と食べた瞬間に先生が言った。

「ね、おいしいでしょう」

満面の笑みだった。参加者のみんなは「はい」「おいしいです」と言ったが、私は言えなかった。おいしくなってしまったからだ。

「いかがですか？」ならまだ良かったかもしれない。ただ、レシピを考えた人の前で正直な感想を言うのはなかなか難しい。「おいしい」はポジティブな言葉だ。料理教室という、多数の人間が集まる場ではそういう言葉が盛りあがりを生むのはわかる。けれど、私は味の感想はまず個人にゆだねて欲しかった。「おいしい」を強要されたように感じてしまったのだ。

カウンターで食事をしていて、料理人に「おいしいでしょう」と言われたら、なかなか「いいえ」とは答えにくい。自信のあるものをだしてくれたのだとは思うが、百人が百人おいしいと感じるものは果たしてあるのだろうか。体調や好みだってある。そして、「おいしい」は食べたその人だけのものだ。どう感じるかは自由で、自由に食べる権利があると思う。

私の本業は小説家なので、余計にそう感じるのかもしれない。私の本を買って読んでいる人がいたとしても、「ね、おもしろいでしょう」とは言わない。言える作家もいるのかもしれないが、私は絶対に言いたくない。おもしろいものを書こうとはいつも思っているが、そう感じるかどうかは物語にお金をだしてくれた人の自由だから。とはいえ、「おもしろくなかった」と言われればやはり落ち込む。料理人だって「まずかった」と面と向かって言われれば落ち込むだろう。

「おいしい」は評価だ。なにかを楽しんでいるときに、提供側からいきなり評価を求められると居心地が悪くなる。居心地が悪いと、とたんに味がしなくなる。美味はそれくらい繊細なものだと思う。そもそも本当においしければ、表情や声にその感動があらわれる。プロならそこを汲(く)みとって欲しい。言葉で確認しなくては安心できないものでお金を取るのはどうなのだろうと感じる。

少し前にとあるスイーツのイベントに行った。すぐに予約が埋まってしまう人気のイベントで、一度参加してみたいと思っていた。まずイベントで提供されるスイーツの説明があって、参加者全員で実食してその感想を語り合う形式だった。

しかし、実食する前に主催者の一人が「もう、びっくりするくらいおいしいんですよ」と言ってしまった。「前の回の方々も大絶賛でーみなさん、本当においしいって感激していました」とどんどん話す。言わないで！ 期待を高めようとしていたのだろう。けれど、私は「あー！」と耳をふさぎたくなった。言わないで！ あー。

実際に食べたスイーツは確かにとても美味だったが、なにも聞かずに食べる味は永遠に帰ってこない。悔やみながら食べていると、同じ人がまた言った。「この○○は本当にこだわって作られててすごいんですよ。お寿司みたいにひとつひとつ丁寧に下拵えがされているんです」え、寿司にたとえるの？ いまスイーツを食べているのに？ 菓子は基本的に下拵えがされているものだし、寿司並みに下拵えされていることが「すごい」の理由になる？ グルメ番組で魚を食べて「お肉みたい〜」とコメントする人がいるけれど、じゃあ肉を食べろよと思ってしまう。魚は魚でうまいし、肉は肉でうまい。どんな食べものもそれぞれのうまさがあるのに、食べものを食べものでたとえるって意味があるのだろうか。どちらの食べものにも失礼じゃないか、ともやもやしてきて、こんなことならひとり静かに食べたかったと思った。提供側が必死にその食べものの価値を高めようとすればするほど気持ちが冷めていくのだ。食べものに罪はないのに。おそらく私は実食イベントが壊滅的に向いていない。

「おいしい」は実は難しい。「おいしかったケーキを教えて」とか「△△店、おいしかった?」とか訊かれるけれど、なんとなく逃げのように「私はおいしいと思ったけど」と断りを入れてしまう。ツイッターにのせる食べものにも本当はいちいち「私はおいしいと感じましたが」と書きたい。できるなら「おいしい」以外の言葉で食べものを人に勧めたい。食感とか香りとか構成とか、楽しむポイントを提案するくらいにとどめたい。でも、それも後からでいい。先入観なく食べて美味と感じれば、それはその人だけの「おいしい」の発見になるから。

けれど、「おいしい」が一番強くてテンションがあがる言葉なのも知っている。魔法の言葉でもあり、呪いの言葉なのだ。

「おいしい」を求めれば求めるほど、「おいしい」を愛すれば愛するほど、「おいしい」が邪魔になっていく。言葉なんかで食べものの可能性を縛りたくない。だんだん自分が「黙って食え」の頑固爺になっていくような気がしている。

冬と羊

大晦日(おおみそか)は友人を呼んで、元旦まで夜通し飲んで食べて過ごす。例年ひっきりなしに食べ続け、まるで食の耐久マラソンのようになるのだが、いくつかメイン的な料理はあって、そのうちのひとつが今年は羊肉のしゃぶしゃぶだった。思えば、前年は羊肉の水餃子を作った。どうも年越しは羊を食べがちだ。

年越しというか、冬になるとよく羊を食べている気がする。冬の衣服に使われる羊毛の匂いが羊肉を彷彿(ほうふつ)とさせるからかもしれない。純度の高いウールはちょっと重ための脂の匂いがし、私の体臭に寄りそってくれなさそうな感じがするのであまり着ないが、会った人が着ていたりすると「む、冬だな。羊が食べたいな」と思う。

小さい頃、家に羊の敷物があった。白くてふわふわと心地好(ここちよ)かったが、毛の根元に革がついていた分、ウール製品よりずっと獣臭くて存在感があった。獣医師の父は当時、酪農大学に勤めていて、帰ってくると羊の敷物の匂いがすることが多かった。家畜と触れ合ったり、解剖をしたりしていたせいだろう。

家にはなぜかカンガルーの敷物もあった。ぺったりと平たくなった長い尾がついていて、どこからどう見てもカンガルーというかたちをしていた。カンガルーの敷物は毛がかたく、ちくちくした。そして、帰宅した父からはカンガルーの敷物の匂いはしなかった。なので、小さな私はカンガルーは身近にはおらず、羊は身近にいる生き物だとぼんやりと理解した。

私が生まれたのは北海道だったので、確かに身近に羊はいた。北海道といえばジンギスカンだと思う人も多いだろう。スーパーでは普通に羊肉が売られていたし、父はときどきラムステーキの店に連れていってくれた。父のお気に入りのその店は古いログハウスで薄暗かった。店への道も暗く、初めて行ったときは幽霊屋敷のようで怖いと思った。店内の壁もテーブルもどことなくベタベタして、重ったるい匂いがした。しかし、すぐにその匂いは羊の敷物と同じだと気がついた。皿にどんとのったラムステーキは食べごたえがあり、羊は食べる生き物なのだと鼻と舌で知った。カンガルーはきっと食べない生き物なのだろうなと思った。

それから、アフリカへ引っ越し、帰国してからは九州を転々とした。中学の終わりにまた北海道に戻り、大学からはずっと京都にいる。北海道を離れている間は羊肉に出会うことはなかった。京都で一人暮らしをはじめた二十年前は「羊が食べたい」と言うと、「ひつじい!?」という反応が多かった気がする。ジンギスカンを食べたことがない友人ばかりだったので、実家から送ってもらってジンギスカン会をした。マンションの狭い部屋からしばらく羊の匂いが取れず閉口した。けれど、ここ数年、人々の羊肉に対する抵抗はなくなり、羊肉を提供する店もめずらしくなくなった。好物だと言う友人も少なくない。それが嬉しくもあり、奇妙な感じもする。

きっと大人になってから羊肉を食べた、という人もいるだろう。けれど、大人になるまでウール製品の匂いを嗅いだことがないという人はあまりいないはずだ。となると、羊肉を初めて食べたとき、「あ、セーターの匂い」と思わなかったのだろうか。ちなみに私は初めて産みたての卵の匂いを嗅いだとき、「あ、父のダウンの匂いがする」と思った。人々の羊肉初体験話を聞いてみたいなとよく考える。そして、ウール製品を必要としない暖かい地域に住む人は羊肉の匂いをどんな風に感じるのか気になる。私がカンガルーの敷物に感じたように「これは食べない生き物だな」と思うのだろうか。

寒くなり、羊肉を求めだすと毎年考えるのが、イヌイットのことだ。なにかの本でイヌイットはアザラシの油を日常の様々なことに使うと読んだ。灯りにしたり、体に塗ったり、なめした革を柔らかくするのに使ったり、そして、アザラシの肉は食料になる。極寒の地で彼らを守ってくれるのがアザラシだ。アザラシの油や皮や肉はどんな匂いなのだろう。その匂いに彼らは安心感を得るのかもしれないと想像する。

私が冬に羊を食べたくなるのも安心を求めてのことなのかもしれない。あの独特の匂いの肉を胃におさめると、なんとなく体の表面に寒さを跳ね返すバリアが薄く張られたような気分になり「冬を乗り切れるぞ！」と思う。表面だけではなく内側にもしっかり脂を溜め込んでいるのだろうけど。

　去年、両親が新しい土地に居を移した。北海道の家はいま売りにだされていて、たまに不動産会社のホームページを眺めている。私自身は四年しか住まなかった家だ。引っ越しの多い半生だったので、住んでいる場所への愛着も執着も薄い。だから寂しいということもないし、北海道にはもうこれといった用事がない限り行かないだろうなと思う。

　ただ、京都に人生の半分以上住み、河豚（ふぐ）やすっぽんや土瓶蒸しといった冬の美味を知っても、寒さが本番になると「羊、食べたい！」と思うのは道産子（どさんこ）の血のせいなのかもしれない。父のお気に入りだった薄暗いラムステーキの店をときどき思いだす。

旨み爆弾

一日三食、規則正しく、なんて、守れたことがない。守れていたのは、親に食事を用意してもらっていた子供のときくらいだろうか。でも、その頃だって授業の休み時間に菓子をつまみ、学校をさぼっては好きな時間に弁当を食べ、買い食いをし、いざ家族の食事の時間となると食べられなかったりした。そして、深夜にこそこそと冷蔵庫をあさる。

つねづね疑問に思っているのだが、人間はほんとうに一日三食が健康にもっとも良いのだろうか。昔は二食だったと聞いたことがある。胃の容量や体の大きさは違うのだから、人によっては一日五食とかでもいいのではないか。そして、朝、昼、晩と食べることが、ほんとうに体質に合っているのか。時計を見ずに一日を過ごしてみて、空腹を覚えたときに食べ、それが何時だったか調べてみたら自分にとっての最適食事回数と時間がわかるんじゃないだろうか。一度、試してみてはいかがだろう。

ということを、間食で叱られる度に親や先生に提案したいと思っていた。さすがに、できなかったけれど。

そんな子供時代だったので、自立してからは好きにやろうと思っていた。勤めていた頃は深夜にケーキを焼いたり勤務中に隠れ食いをしたりするのが関の山だったが、小説家になってからは自宅で仕事をしているのをいいことに、どんな時間だろうと好き放題に茶を淹れ、菓子を食べている。たまに外出すればパフェやケーキをはしごし、外食をするときもセットメニューは避けて好きなものしか頼まず、鞄には常に小形羊羹とチョコレート。新幹線に乗るときに弁当を買い、目的地に着いてから打ち合わせランチをしても誰も咎めない（新幹線ってなにを食べても降りると腹が減っているのが不思議でならない）。ライブ前にテンションをあげようと肉を食べ、ライブ後にテンションがあがったとまた肉を食べても、なにも言われない。食べたくないときは食べなくてもいい。大人って素晴らしい。ちなみに、このエッセイを書いている途中でふいに小腹が減り、おやつに素麺を茹でて食べた。

とはいえ、生活を共にしている殿こと夫がいるので、なんとなく食事の時間は決まっている。食事は当番制なので、自分の当番のときには作らねばならないし、我が家は食に余念がないので、なにを食べるかきっちりと話し合うことが多い。しかし、私は目の前の欲望に弱い。前日から仕込みをした料理が晩に待っていても、ついつい菓子に手を伸ばしてしまうし、外で季節限定のメニューを見つけるとふらふら食べてしまう。この世は食べたいものであふれている。

ちなみに、いま、帰宅した殿に素麺の水切りをしたザルを見つかり「今夜は水餃子なのに……」

と小さく非難された。大丈夫だ、ちゃんと水餃子も食べられる。
しかし、こんな自由な食生活を十年続けて、若干心配になってきた。ときどき胃腸が悲鳴をあげるのは、常に食べものを放り込み、稼働させ続けているせいかもしれない。冷え性とストレスのせいで腹を下しやすいのだと思っていたが、食べ過ぎのせいもある気がしてきた。というのも、去年はパフェを食べ過ぎて肌が荒れたのだ。初めてのことだった。欲望に従っても体がついていけないということがあるのを実感した年だった。

というわけで、胃を休めるために一日絶食をしてみることにした。前日の晩は早めに夕食をとり、夜食も菓子も食べないように早く寝た。午前中は白湯（さゆ）、昼からはカフェインのない蕎麦（そば）茶で過ごした。仕事をするときだけ飴（あめ）をひとつ舐め、糖分を摂取した。空腹はすぐにやってきた。ふだんから目覚めた瞬間に空腹を感じる体質なので、午前中は「寒いなあ」「お腹すいたなあ」とぼやぼやした気分になった。私は省エネ体質でもあるので、空腹だと眠くなる。ベッドに戻りとろとろと眠っていると家人の昼食の匂いが流れてきた。いい匂いだな、と食欲がわいたが、今日は絶食だし食べられないと思うと収まった。それからはわりと落ち着いた。空腹は空腹なのだが、食べないと自分で決めたことなので妙に体が納得していた。他人に強要されたら抵抗するが、自分で決めたことには我慢ができる。夕食は私の担当だったので、ピェンローを作った。

ピェンローは白菜の時季には必ず数回はする鍋だ。妹尾河童さんが『河童のスケッチブック』で書いたものがとても有名。昆布と干し椎茸でとった出汁で白菜、鶏肉、豚バラを胡麻油を加えてぐつぐつと煮て、仕上げに春雨を入れるシンプルな料理。我が家では肉は豚バラだけで作っていて、生姜とニンニクも入れる。

土鍋に蓋をして白菜が柔らかくなるのを待っていると、もの凄くいい匂いがしてきた。なにこれ、と思わず蓋を開ける。いつもの地味な鍋だ。しかし匂いを放つ湯気が輝いている。何度も作って、慣れている匂いのはずなのに、まったく違うものに思える。匂いで部屋が黄金色に染まっていくようで狼狽してしまった。

いや、でも、食べない日だし。もの凄くいい香りだけれど、口に入れるものではない。そう体に言い聞かせて、鍋を煮続け、味見をすることもなくピェンローを仕上げた。

殿は日付が変わった頃に帰ってきた。鍋だ鍋だ、と蓋を開け、ぼんやり眺めている私に気がつくと「いきなり固形は胃に負担だし、スープだけでも飲んだら？」と言った。絶食をはじめて二十四時間経っていたので、そうしようと澄んだスープだけ椀についだ。ずっとする。

「うまー！」

絶叫していた。刺激がすごい。辛いとか、酸っぱいとかではなく、野菜や肉や椎茸や昆布の旨みがごんごんとぶつかってきて、脳で火花を散らす。「たいへんな旨み爆弾ですよ、これは」とわけのわからないことを言って、スープをずず、ずず、と飲み干した。

ピェンローは各自で味つけをするので鍋自体にはほとんど味がない。いつもはそのままで食べることなどないのに、そのときは塩もなにもせず、三杯も飲んでしまった。スープに溶けた食材ひとつひとつの味がいつもよりしっかりした感触があって楽しかったのだ。食欲を満たすというより、舌と鼻で食べものの輪郭をなぞるような体験だった。その晩はそれで満足して眠った。次の朝は強烈な空腹で目覚めて、朝から好きなものを食べに食べた。

空腹状態が続いて、味覚と嗅覚がいつもより敏感になったのだろう。ピェンローは好きな料理だけれど、胡麻油と混じった野菜や肉の匂いをあんなにも芳しいものに感じたことはなかった。私が感じている世界は、私の体を通したものなのだから、体の状態が変われば変わるものなのだ。好き放題に食べることで損をしていることもある気がした。これからはときどき意図的に空腹になってみてもいいかもしれない。

やんなった

去年の年の瀬のことだ。仕事用のパソコンが壊れた。

予感はしていた。数ヶ月の間、調子が悪い……と気づいていながら騙し騙し使っていたのだ。パソコンというものは一番壊れて欲しくないときに限って壊れる。そういう風に作られているとしか思えない。よりにもよって師走に、とすぐさま専門業者に連絡した。

送ってください、と言われた。アナログな私はモニターやら複合機やらハードディスクやらを繋いでいる線をどう外せばいいかわからない。外したが最後、二度と元の状態に戻せない気がする。電話口の相手に確認しながらひとつひとつ外していく。ようやく終了し、ハードディスクを梱包しようとしたが、ずっと仕事机の下にもぐっていたので足がすっかり痺れていて、見事な尻餅をついてしまった。転がるハードディスク、散らばる部品、「うああああ‼」と焦る私。電話の相手は笑いを噛み殺している。いや、しっかり笑っていたと思う。

なんとか梱包を終え、よれよれになりつつも夕飯の支度をしようとすると、続けざまに宅配便がきた。知人や親戚からのお歳暮のようだ。すべて「食品」とあるので、とりあえず開封しなくてはいけない。ぽんかん、日本酒、干し柿……ああ、正月の用意をしなくてはいけないな……菓子、健康茶、加賀蓮根に丸芋……。

丸芋⁉　二度見する。初めての食材だった。真っ黒で、赤子の頭くらいあり、おがくずに包(くる)まれている。おがくずで守られている芋は見たことがない。ずんぐりと硬そうで、芋を軽視するわけではないが（私は大の芋好きだ）、芋は新聞紙でよくない？　と思ってしまう。どう保存したらいいかわからなかったので調べてみる。ああ、まったく夕飯の支度が進まない。パソコンが壊れた日に未知の食材に向き合いたくないんだよ、とため息がもれる。

丸芋は高級食材のようだった。山芋の一種で大変粘りが強く、すりおろしたものを箸でつまみあげることもできる、とある。ならば、夕飯の一品に加えるか、とラップを剝がすと手が滑った。落ちる！　高級食材！　と慌てて手を伸ばし、床すれすれで摑(つか)んだ。感覚的には球技のイメージだった。が、丸芋は見た目はボールだが、砲丸並みに重かった。中指の爪がミキッと嫌な音をたてた。刺すような痛み。恐る恐る手を見ると、剝がれかけた爪から赤い血がつうっと流れた。台所の床に散乱するおがくず。まだ米すら炊けていない。

一瞬、叫びそうになった。すっと息を吸って、その衝動を抑え、そろりと息を吐いた途端に体からがっくりと力が抜けた。もう、なんか、やんなった。

段ボール箱もおがくずも食材もそのままにして、台所をでて、自室のソファで膝を抱えて座る。本当はベッドに入りたかった。なにもかも投げだして不貞寝(ふてね)してしまいたい。

料理は好きだ。でも、さすがにこれはしんどい。もう台所に行きたくない。中指の先が火がついたように熱くて、とても怖い。そのとき、ふっと、だて巻き事件を思いだした。

だて巻き事件。それは、実家にいた頃、師走になると家族の間でひっそりと語られた、ある年末の出来事だった。

母は真面目な性分だ。器用で、手際も良く、複数のことを同時にできるタイプだった。その自負もあったと思う。物事を完璧にこなそうとする彼女にとって、正月はその手腕の見せ所だった。元日の我が家はどこもかしこも清潔で、縁起物の花が飾られ、テーブルにはずらりとご馳走が並んでいた。重箱にはお手製のお節(せち)が三段きっちりと詰まっていて、雑煮の餅も家で作ったものだった。新年の挨拶をしたら、朱塗りの盃のお屠蘇(とそ)とお年玉をもらい、食後は菓子を食べながら年賀状を眺める。

そんな華やかで長閑(のどか)な正月を迎えるためには、相当の準備が必要だということを小さい頃の私は知らなかった。ただ、年末は母が妙にぴりぴりするな、とは思っていた。

ちなみに、近所のスーパーでは年末が近づくと「お正月用品ご準備リスト」なるものが置かれる。そのリストの凄(すさ)まじさたるや、「野菜・果物」の項目だけで二十種類、「調味料・乾物」の項目にいたっては三十五種類ある。ご丁寧にも、大根はふつうのものと「雑煮大根」の二種類が書かれているので京都だけかもしれない。もちろん「白味噌」も書いてある。祝い箸や鏡餅、ポチ袋なんかを入れると九十三種類だった。一家庭で九十三種類！　それを購入し、家に運び、加工したり盛りつけたり飾ったりする……気が遠くなった。そもそも家庭用冷蔵庫に入る気がしない。結果、私は、やーめた！　と正月は自由に食べたいものを食べることにした。

　しかし、団塊世代の主婦であった母は真面目にお節を作っていた。私もなます用の野菜の千切りや栗きんとん用のさつまいもの裏ごしなどは手伝っていた。しかし、そんなもの正月準備の中の氷山の一角だ。大掃除や年賀状書きだってあるのだから。そして、なにより正月準備に労力を割いている間も日常は存在する。黒豆をことこと煮たりしながら、掃除洗濯をし、ふだんの食事も作らなくてはいけないのだ。私が遊び半分にお節を手伝っていたとき、母がやけに「レシピちゃんと見て。分量を間違えないでね」と言っていたのは、失敗するとその分の材料をまた買いにいく手間がかかるからだった。

　お節なんて一年に一回しか作らない料理だ。ふだんの食卓に昆布巻きとか田作りとかが並ぶだろうか。失敗するに決まっている。それでも、大晦日の前日、母は持ち前の真面目さと器用さで一品一品美しく仕上げていった。しかし、台所での作業が長くなるにつれ疲弊してきたのだろう。だんだん鼻歌も聞こえなくなり、騒ぐと叱られるようになったので私と妹と父はそれぞれの部屋で静かに過ごしていた。夕飯が遅れているのに気づいていたが誰もなにも言わなかった。外はもう真っ暗。そんなとき、台所から母の絶叫が聞こえた。

「もう、いやー！」

あとに続く言葉にならない泣き声まじりの叫び。なんだなんだと台所に行くと、巻きすの上には棒状になった玉子焼きらしきものがいくつか。母は床に突っ伏している。棒状の玉子焼きはだて巻きのようだった。だて巻きはきちんと作ると手間がかかる。白身をすり、裏ごしをして卵液と混ぜ、焼き、まだ熱いうちに巻かなくてはいけない。かたく焼きすぎたのか、冷めてから巻いてしまったのか、巻こうとしたときにメキッメキッとだて巻き（巻かれていないから、だて？）が折れていくつかの棒状になってしまったようだ。「こんなになっちゃったら巻けない！」「もう市場もやってないのに！」と母は泣きながら叫び、よろよろと居間に行くとソファでぐったりとしてしまった。

もう、やんなっちゃったんだな、と思った。

正直なところ、正月にだて巻きがあってもなくてもどちらでもよかった。しかし、巻けなかったことでこんなにも意気消沈してしまった人の前でそんなことを言っても慰めにならない。

そのとき、ザ・理系で合理主義の父が言った。

「味は変わらないだろ」

ああ……と天を仰いだ。私だったらこの一言でお節に対する情熱は失われる。

その後どうなったかはよく覚えていない。けれど、あまりに根を詰めすぎると良くない、と諭（さと）すときに「だて巻き事件」は家族の間でそっとささやかれた。しかし、母のお節に対する情熱は失われず今も年末には作り続けている。昔ほど無理はしなくなったが。

私は私生活では真面目ではないし、家事を完璧にこなそうとは思ったことがない。家のことは仕事の息抜きとして、わりと楽しくやっている。それでも、なにか不慮の事態が続いて、ふだんならできることがすっかり嫌になってしまうことはある。欠かすことのできない食事なだけに、考えたり準備したりするのが「やんなった」ということは多々起こり得る。そんなときに「ピザでもとろうぜ！　いえーい！」みたいな空気を変える提案をするのが、一緒に暮らす家族というものの役割なんじゃないかなと大人になった今は思う。

パフェが一番エロい。

去年はすっかりパフェにかまけていた。

まるで恋だった。今もパフェへの愛は続いているが、それこそ恋愛のように、出会いと蜜月を経て、現在はちょっと関係性に落ち着きと安定が生まれている感じである。もちろん別れる気は毛頭ない。

恋に落ちた瞬間は覚えている。というか、記録している。私淑しているパフェ評論家の斧屋（おのや）氏と初めてパフェをご一緒させてもらったときだ。あの日以来、私は彼のことをパフェ先生と呼んでいる。それは七月で、桃の季節だった。目白の「カフェクーポラ（CAFE CUPOLA）」、朝の八時半。まっさきに桃パフェとチョコレートパフェを頼んだ私の正面で、パフェ先生はモーニングのメニューを眺めていた。「空腹時にパフェを食べないようにしているのです」と彼は言った。

「どうしてですか？」

「パフェを『食べて』しまうからです」

なんだこの禅問答のような会話、と混乱する。パフェ先生は多くを語らない。黙々とモーニングセットを食べはじめた。

甘味好きの私はもちろんパフェを食べたことはあった。けれど、どちらかというとパフェはイベント気分で食べるスイーツだと思っていて、友人と集まったときなどに「パフェ食べちゃう？」とテンションをあげたり、イベント前に「パフェでも食べるか！」と景気づけたりするための食べものだった。

というのも、私は食べもの同士が混ざり合うのがあまり好きではなかった。潔癖だった幼少期は、おかずの種類の数だけ皿が欲しかったし、お弁当で玉子焼きに他のおかずの汁が沁み込んでいるのを見ると吐き気で食べられなくなった。子供が喜ぶクリームソーダも私にとっては平穏ならざる飲みもので、メロンソーダ部分がアイスクリームで濁らないように細心の注意をはらってスプーンですくっていた。ひとたび緑白色に濁って、油膜のはった白い泡でも浮かぼうものなら一気に心も濁った。前作の『わるい食べもの』に収録されている「果物を狩るけもの」でも書いたが、多種類の果物が液体の中で混ざり合っているフルーツポンチなんて悪夢でしかなかった。

ケーキはクリーム、ムース、スポンジなどがきっちりと層になっていて、崩れやすい素材が自力ですっと立つ様が美しいと惹かれた。そこから洋菓子好きになり、幾層にも重なった味が口の中で溶け合う素晴らしさに感動して「混ざる恐怖」から解放されたところがある。

しかし、パフェに対してはまだ偏見があった。パフェグラスという外殻があって自立性が低いのも狡(ずる)いように思われた。なによりアイスを使っているものが圧倒的に多い。「わー溶ける、溶ける」と焦りながら食べるのは落ち着かない気がした。

モーニングセットを食べ終えたパフェ先生の前に、桃のパフェがやってきた。まず、写真を撮る。上、横、斜め。それから香りを嗅ぎ、「失礼します」とパフェのてっぺんに刺さったミントの葉を摘(つま)み、そっと齧った。誰に対しての失礼なのか。そんな疑問を挟みにくい屹然(きつぜん)たる所作。ミントをぽいっと除いてしまった自分に後悔すらわきあがる。上から順にすべて味わうというのがパフェ先生の食べ方で、そこには作法といってもいいような姿勢があった。フルーツがのっているパフェの上部はフォークを使い、中層からスプーンに持ちかえる。頷いたり、唸ったりしながらじっくりと味わっている。ときどき目を閉じている。私なんか存在していないみたいにパフェに集中していた。「アイス溶けますよ」と声をかける隙もない。

はっと、以前にパフェ先生が一人でパフェを食べに行くことについて自身のツイッターで語っていた言葉を思いだす。近年、一人でなにかをすることを「ぼっち」と呼ぶらしいが、パフェ先生はそれに対して「パフェとデートしているのだから、ぼっちではない」と堂々と主張していた。ものすごい揺るぎなき愛の姿勢！　そうか、いま私はパフェとパフェ先生のデートを眺めているのか。

そう思うと、なんだかどきどきしてきた。パフェ先生はパフェしか見ていない。パフェのすべてを鼻と舌と目で感じている。なにこれ、ちょっとセックスみたいじゃない。え、なに考えてんの私。「パフェは生まれてその日に死んでしまう」もまたパフェ先生の言だが、食べてなくなってしまうパフェとの愛は今この瞬間だけのものだ。そりゃあ集中するだろう。ひたむきな純愛だ。なのに、なんだかエロい。人が一心不乱に食べている姿ってとてもエロい。私はここにいていいのだろうか。

こちらの動揺はおかまいなしに、パフェ先生はきれいにパフェグラスを空にした。ようやく私がいることを思いだしたようにパフェの構造についての話をしてくれる。ほぼ講義。そして、「では」と次の用事に行ってしまった。私はその足でパフェ先生に勧められたパフェを食べに行った。自分が雑な食べ方をしてしまったことが恥ずかしかった。それからはちゃんと記録し、考えながら食べている。どんな料理でも、作られたものを食べるということは作り手や素材との対話である。パフェのアイスが溶けることは作り手の想定内だし、食べる人はアイスが溶けて他の食材と混じり合ったときに生まれる味を素直な気持ちで受け止めたほうが楽しい。その日はずっとどきどきが続いていて、自著の新刊のプロモーション日だったにもかかわらず、会う人会う人にパフェとパフェ先生の話をしてしまい担当編集さんに苦い顔をされた。

それから私のパフェ愛の日々がはじまった。あまりにツイッターにパフェの写真をのせるので、人に会う度「パフェ食べてるねー」「パフェ見てるよ」と言われる。「いえ、まだまだです」と答えている。恋愛と同じで、ちゃんと愛せているかいつだって不安だし、どんなに食べても調べてもすべてを知った気にはなれない。

最近の楽しみは友人を誘ってパフェを食べに行くことだ。いつも低い声の担当T嬢はパフェを食べている間は声が高くなり、口数が多くなっていた。ほぼ一層ごとに歓喜の声をあげながら「桃より桃ですよ、あーなんだこれ」とか「あっあっここ泡です、消えます、うわースプーン置けないですー」とか言っていた。私も自分のパフェに夢中なのでほとんど返事をしないのに、うわ言のようにずっと喋っていた。一緒に食エッセイを書いている友人は、金髪に黒ずくめでSM用の首輪なんかつけているくせに、好みのパフェに出会うと「おいしいねーこれ、おいしいねー」と子供みたいになってしまう。一歳半の姪(めい)に初パフェを体験させたときは大興奮されてしまい、急いで店をでなくてはいけなくなった。パフェは人間のふだんの仮面を剝ぐ極上のエンタテインメントだ。

パフェ先生とはその後も何度かパフェをご一緒した。相変わらずパフェしか見ていないし、パフェの話しかしない。大の大人がパフェを真剣に愛し、それを隠したり恥じらったりしないところが好ましい。愛せるって格好良いことだ。そして、出会うパフェと逐一蜜月を過ごす様はやはりとてもエロい。

斧屋氏の数々のパフェ名言はぜひ彼のエッセイで味わってもらいたい。

フリーダム・オブ・味噌汁

一体いつ、どこで、聞いたのかわからないが、意識の底にこびりついている文言がある。そのうちのひとつが「君の味噌汁を一生飲みたい」だ。小学校高学年とか中学生の頃だったと思う。テレビで聞いたのか、漫画で読んだのか、具体的な記憶がないのだが、どうやらそれはプロポーズの言葉らしいと気づき、「なにかの罰なのか」と思ったことだけは覚えている。

担当T嬢が調べてくれたところによると、このプロポーズは漫画『めぞん一刻』にあるらしい。「一生」はついていないようだけど、プロポーズであることには変わりない。ストーリーはなんとなく知っているが未読の作品である。一九八〇年代に流行った漫画だし、その物語内での背景もあると思うので、頭ごなしに否定するわけではないが、男性から女性へのプロポーズであるならばいささか古い価値観だ。二〇二〇年代の現在にはちょっとそぐわない。

しかし、まだ十代前半の私が感じた違和感はジェンダー的なものではなかった。なぜ味噌汁を自由に作る権利を放棄するのだろうか、と愕然（がくぜん）とした。当時、私はまだ自立できていない子供だった。母親の作る甘めの味噌汁も、父親の作る野菜たっぷりで薄めの味噌汁も、祖母の作るいりこだしの味噌汁も好きだったが、具によっては「あれ？」と感じる日もあった。かぼちゃといりこだしは合わないんじゃないかとか、料理本で見た白味噌を使ってみたいとか、じゃがいもは二日目がほどよく溶けてうまいから作り置きしたいとか、道場六三郎（みちばろくさぶろう）のように出汁をひいてみたいとか（テレビ番組「料理の鉄人」がマイブームだった）、そんな小生意気な提案はなかなかできない。

そう、私の好物は味噌汁だった。大人になれば、好物の味噌汁を毎日好きに作れると楽しみにしていた。だから、味噌汁の自由を自ら放棄することに驚愕したし、なぜそれが愛の証になるのか、心底、意味がわからなかった。

それとも、プロポーズをする相手は味噌汁の達人なのだろうか。いや、それでも「一生」なんて、相手が鉄人の道場六三郎であろうと私には言えない。

のちに世の中の人間すべてが味噌汁に強い執着があるわけではないと知って腑に落ちたが、同時に一部の男性の中には家庭内の調理を女性の仕事だと思っている人がいることにも気づいた（そういった男性は家庭料理を「仕事」と捉えているかどうかも怪しいが）。さすがに今、新規で味噌汁プロポーズをする男性はいないと思いたいが、そういった価値観は脈々と残り続けていると感じる。

二十代の頃、料理が好きだと言うと、なぜか「女らしい」と奇妙な評価を受けた。不本意だった。私は中学の頃から道場六三郎を敬愛しているのだ。「鉄人らしい」とか「職人らしい」

と言われるのなら納得もするが、料理と私の性別は関係がない。

今でも、SNSに料理の写真をのせると、「女子力高い」とか「男の胃袋を摑める」といった「女性の」手料理を称賛するコメントがたまにつく。きまって男性だ。この間など「女の子に作ってもらいたいから板前の野郎率が減ればいいのに」などという鳥肌もののコメントもあった。なんなんだ、女性に作ってもらったものを食べないと死ぬ病なのか。

そして、声を大にして言いたいが「料理を作る」ことはパートナーの「愛情」とイコールではない。もちろん愛情のこもった料理はこの世にたくさんある。けれど、世の中には料理嫌いな情の深い女性もいるし、私のように自分の好きなものを好きに作りたくて料理を好んでいる人間だっている。料理と性別と愛情の関係はそんなに単純じゃないし、価値観だって様々だ。ましてや、その恩恵を男性だからという理由で無条件に授けられるとはゆめゆめ思わないで欲しい。「女性が男性に手料理を作ることが愛の証」と思うのは、子供の頃の私が「すべての人間は味噌汁が好き」と信じていたのと同じくらい偏った愚かな考え方だ。

味噌汁はいまでも好物だ。ひとり暮らしをはじめたとき、自分で作った味噌汁に心から安らぎを覚えた。旅行や出張が三日以上に及ぶと、「ああ、自分の味噌汁が飲みたい……」と砂漠で水の蜃気楼を見るような心地になる。最寄駅に着いたらとりあえずスーパーへ行き、好きな具を選び、簡単に出汁をとって味噌汁を作る。味噌汁だけは誰が作るより、自分の欲望のままに作るほうが絶対にうまいと信じている。それは調理技術うんぬんではなく、自分の布団の匂いが落ち着くとか、ご飯はかために炊くのが好きとか、身体と嗜好に関わることだ。自分の味噌汁と最も肌が合うのである。相性には、どんな美味でも敵わない。

　だから、味噌汁の権利を放棄する人をもったいないと感じてしまう。味噌汁の自由って素晴らしい。男女関係なく、最高の味噌汁を作れるポテンシャルが私たちの中には眠っている。味噌汁プロポーズで結婚した人がもしいるなら、ちょっと自らの可能性に挑戦してみて欲しいと思う。あなたにとってだけの至高の味噌汁に出会えるかもしれない。それはパートナーの愛情とも、料理の腕とも、まったく関係がないことだが。

春の昼飯

春は出会いと別れの季節だという。

よく聞くし、つい自分でも口にしたり書いたりしてしまう。

でも、ちょっと考えてみて欲しい。それって社会が勝手に決めた出会いと別れじゃないの。卒業式とか入学式とか新社会人とか新生活とか、三月に終えて四月に新しい環境をスタートさせることを、春が人間に強要しているわけではない。だいたい新年度って言葉がややこしい。新年は正月じゃないの。また新しくなるの。

小学校のほとんどを過ごしたアメリカンスクールの新学期は九月だった。けれど、帰国したら四月だと言われた。おかげで、なんだよ大人が勝手に決めてるんだな、と反発心が芽生えてしまった。

アメリカンスクールは教科ごとの飛び級も可能だったし落第もあったので、個々で歩みが違い、あまり強固なクラス意識はなかったように思う。しかし、日本は違った。みんなで新学期をはじめて、みんなで卒業しようという、無言の団結感がただよっていた。クラスごとに空気みたいなものがあって、そこに馴染まなければいけない。ようやく慣れた頃にまた春がやってきて、ゲーム盤をひっくり返すように新しい環境にさせられる。小中高と、新学期にともなうクラス替えは嫌なものだった。

特に、小学校のときの給食の時間が嫌だった。同じクラスになったというだけで、机をくっつけて一緒に食事をしなくてはいけない。ただでさえ知らない人との食事は疲れるのに、まともに口もきいたことのない男子が咀嚼（そしゃく）する姿なんて見たくない。相手もそう思っていることは知っている。だから、なるべく目を合わせずやりすごそうとするのに、男子は机を乱暴にぶつけてきたり、パンや麺を袋の中で潰したり、牛乳を飲めないことをからかってきたりする。なんとも生物として相容（あいい）れない。そんな存在の前でものを食べるなんていう無防備なことをしなくてはいけないなんて。ああ、飯の時間くらい自由にさせて欲しい……とぐったりした。

中学や高校は少しだけましになり、クラスの中で仲の良い子と弁当を食べられた。しかし、それもクラス内の微妙な人間関係が反映されて、なんとなく薄気味悪いグループ分けができる。なぜ飯のたびに女子同士の力関係や思惑を読まねばならないのか。面倒臭い。誰かを選ぶことも、誰かを選ばないこともわずらわしい。飯の時間は食べることに集中したい。そして、早く食べて、一人で寝たり本を読んだり自由に過ごしたかった。学校では、治外法権みたいな静かでフリーな場所は図書室しかなく、けれどそこで食事することは禁じられていた。図書室に避難するために急いで食べる弁当は喉につかえるようで、おいしく感じられなかった。

中学、高校と私には友人と呼べる子は一人しかいなかった。私が転校した先の中学校にその子はいて、よく理由はわからないが女子たちから無視されていた。可愛い顔をした子だった。よく笑い、私の偏屈さも「うけるー」と笑ってくれた。いつもその子といた。けれど、やはり一人でいいという気持ちは腹の底に常にあって、その子が学校を休んだり、その子に彼氏ができて一緒に帰れなくなったりしても、さびしいとは思わなかったし、他の友人を作らなくてはと焦ることもなかった。

同じ高校へ進むことができたが、クラスは別れてしまった。私はこのまま友人としても離れていくんだろうなと思った。転校の多かった私は人との別れに妙に達観したところのある子供だった。

新学期のよそよそしい教室に昼食の時間がやってきた。「さあどうする?」「最初が肝心だよね」みたいな表情で互いを探り合う女子たちの向こうに、廊下を歩いてくる彼女の姿が見えた。あれ、と思う間もなく、彼女はなんでもないような顔をして私の教室に入ってきて、私の机に自分のお弁当箱を置いた。ぎゅうぎゅうと私の尻を押して一緒に座り、お弁当箱をあけて、いつものように嫌いな野菜を押しつけてくる。「自分のクラスで食べなくていいの?」と訊くと、「いいんじゃない」と笑った。

あのとき、私は確かに嬉しかった。彼女と昼ごはんを食べられることが。なにも変わっていないことが。その後も彼女は私の教室に通い続け、他の子から「自分の教室で食べなよ」と言われても無視していた。学校にはなぜか、違う教室に入ってはいけない、というような言語化されていないルールがあって、他のクラスの子に用事があるときはみんなドアのところに立って近くの生徒に呼んでもらったりしていた。でも、彼女は誰の許可も得ず、休み時間であればすいすいと私のいる教室に入ってきていた。

別に新学期だからといって、クラスが替わったからといって、自分の生活を変える必要はないのだ。食べたい人と食べればいいし、休み時間は好きなように過ごしたらいい。誰かが勝手に決めた区切りや無言のルールに無理に従うことはない。

あのとき、自分はずっと嫌だ嫌だと思いながらも従っていたんだと気づいた。飯の時間くらい自由にさせて欲しい、なんて、なにを「お願い」してしまっているのだ。顔も見えない相手にお願いしたって事態は変わるわけがない。自由にしたいなら、自由にしたら良かったのだ。

そんなこんなで高校時代はわりと自由に過ごした。増長しすぎて休み時間に菓子を頬張ったり、早退して外でお弁当を食べたり、学校を抜けだして肉まんや大福を買いにいったりして先生に怒られた。教室以外に場所があると思うと、気持ちはすごく軽くなる。それはきっと社会人でも同じかもしれない。

前に会社のトイレで昼食をとる人がいるという記事を読んだことがある。一人で食事をする、いわゆる「ぼっち飯」姿を見られたくないのでは、と書かれていた。それもあるのかもしれないけれど、会社の中での自由な空間がトイレしかないのではないかとも思う。トイレで飯を食

うのが大好き！　なのであればまったく構わないけれど、トイレしか行き場がないのであれば
ちょっと苦しい。公園でもいい、いっそ一駅電車に乗って会社を離れるのでもいい。ふっと違う景色が見られる場所に行くのもいいのではないか。休み時間まで自分が属する場所にいなきゃいけないわけではない。

離れてみれば、自分が縛られていたルールなんて場所によって違うとわかる。桜舞う春はただの春になる。昼飯は違う味になる。別れも出会いも、結局は自分が作ることなのだ。人が勝手に決めた区切りにふりまわされなくていい。なんだか、らしくないエールみたいになったので、以上！

移動飯

食べものも飲みものも持たずに新幹線に乗るのは心許(こころもと)ない。寝坊をして、なにも買わずに新幹線に飛び乗ると、パンツを穿(は)かずに出かけてしまったような、すうすうした不安な気分になる。一番よく使う新幹線は京都、東京間の「のぞみ」で、目的地までは二時間ちょっと。映画を観ていたら着いてしまうくらいの距離なのに、途中でお腹がすいたらどうしようと落ち着かなくなる。車内販売は頼りにならない。きて欲しいときに限ってこないし、うっかり寝てしまうと通過される。なにより、声が小さく間の悪い私はなにかを呼び止めるのが苦手なのだ。悪いことをしているわけでもないのに「すみません」と言うのも性に合わない。できるなら「すみません」より「頼もう！」と言いたいが、それもやっぱり恥ずかしい。くるか、くるか、とむやみにドキドキしてしまう。落ち着かない。

旅行鞄の中にはたいていチョコレートや小形羊羹なんかが入っている。二時間やそこらで飢えて死ぬわけでもない。わかっているのに不安はぬぐえず、せめておにぎりのひとつでもとホームのキヨスクに駆け込んでしまうのはなぜなのか。

おまけに、新幹線に乗っている間にしっかりと食べても、降りると小腹が減っている。座っているだけなのに妙に消化が早い。友人は「新幹線に乗ると胃がリセットされる」と言っていた。食べたものはどこに消えるのか。知らぬ間に新幹線内部に四次元空間が発生しているということか。

新幹線だけではない。飛行機の国際線も「飼育か」と思うほどに機内食がでるが、食べても地上に降りると空腹になっている。ちゃんと座席を確保していたとしても、あんがい移動というものはエネルギーを使っているような気がする。徒歩だと何日もかかる距離を数時間で進むのだ。文明が発達したといっても肉体は生身のままなので、無意識下で距離分の負荷がかかっているのかもしれない。それを補うために食べる。

ちなみに、私の駅弁選択はバラエティに乏しい。好んで買うのは、東京からだったら「今半」の「牛肉弁当」、「刷毛じょうゆ　海苔弁山登り」の「海」(焼鮭とちくわの磯部揚げがのったスタンダードな海苔弁)。京都からだったら「とり松」の「ばらすし」、「二傳」の季節のちらし寿司。贅沢をするときは鰻だ。どれも敷き詰めた米に具がまんべんなくのっているもの。幕の内や「シウマイ弁当」といった米とおかずが別々になったものはほとんど買わない。買ったとしても家に持ち帰って食べる。やむなくパンにせざるを得ないときはヒレカツサンド一択だ。パン単体では腹が埋まらない。米がないなら、肉がなくては。

友人と新幹線のぞみに乗るときは「食堂のぞみごっこ」をやる。駅付近のデパ地下か駅構内の駅弁屋で待ち合わせして、「キムパあるし韓国食堂にしようかな」「昼ビールで焼き鳥屋もよくない？」「いいね！　じゃあ、だし巻きとかも買って居酒屋のぞみにしちゃおう」「あ、でもマカロン持ってきた」「なら、ワイン買って洋食のぞみで」「スープもテイクアウトしよう」などとイベント感覚で選ぶ。ああでもないこうでもないと言いながら見繕う時間が楽しい。

　でも、ひとりで乗るときは違う。特に考えることもなく慣れ親しんだ弁当を買い求め、ひたすら米を掘り進めながらもっくもっくと食べている。弁当を持ったまま寝てしまい、隣のサラリーマンらしき男性に「お弁当、落ちますよ」と遠慮がちに声をかけられたこともある。ふだんの食事では寝るなんて考えられない。このテンションの差はなんなのだろう。

　先日、北陸の旅から帰ってきたばかりの友人と蒸し寿司を食べに行った。蒸し寿司は、ちらし寿司をどんぶりに入れて蒸したもので、関西ではだいたい十一月から三月までの寒い時期しか提供していない。店によって具は違うのだが、基本的には錦糸玉子と刻み穴子がのっていて、甘辛く炊いた椎茸とかんぴょうが酢飯に混ぜられているシンプルなものだ。飾りで海老やイカ、栗、銀杏などがのったものもあるが、私が好んでいるのは「乙羽」の、熱々の蓋を開けると一面の錦糸玉子に緑のえんどう豆が二、三粒と甘酢生姜が添えられただけの蒸し寿司だ。蒸すことで酢飯がほこほこになり、優しい味わいになる。店先の蒸籠（せいろ）の湯気を見ると、ああ冬だなと感じるくらい寒い季節に欠かせない食べものだ。

友人ははふはふと蒸し寿司を食べて、「ああ、ぜんぶ混ざっていて安心する」と言った。旅行中の友人のＳＮＳには色鮮やかな海鮮丼の写真がたくさんあったので、「え、いろいろな種類を食べたいタイプじゃないの？」とちょっと驚いた。「いや、海鮮丼はテンションはあがるけど大変だよ。常に選択を迫られるもん」と友人は言った。先に海老の頭を外すべきか、わさびをぜんぶ醤油に溶くべきか、どの刺身を最後のひとくちにするか、米と刺身のあんばいも考えながら食べ進めなくてはいけない。忙しい、と友人は言い「ああ、ほっとする」と、どこを食べても同じ味の蒸し寿司に目を細めた。

新幹線の弁当も同じなのかもしれない。幕の内や、米とおかずがわかれている弁当は、食べるときに順番や選択が発生する。米の上にまんべんなく具が敷き詰められているものなら、なにも考えずに食べることができる。単調で、楽だ。

移動中は空白の時間だ。旅の準備は済み、目的地に向かって体力を温存する時間。もしくは、用事が終わり、家に帰るまでの肩の力が抜けた時間。なるべく頭を使わず、エネルギーだけを得て、恐ろしい速さでびゅんびゅん走る新幹線の中でぼんやりしていたい。米のびっしり詰まった駅弁の重みは、安心のためにあるのかもしれない。

他人の和えたもの

他人の握ったおにぎりが食べられない人が増えているようだ。

私が小説家デビューした十年ほど前は、そういう人はいるにはいたが、わりと声の小さい少数派だった印象がある。一度、小説にそういう登場人物をだしたことがあったが、やはりマイノリティとして描いていた。かくいう私も子供の頃から他人の握ったおにぎりがあまり得意ではない。昔は潔癖だと思われそうで言いにくかった覚えがあるが、今はずいぶん抵抗感が減ったように思う。我が家の愛読漫画の『きのう何食べた?』十六巻では、おにぎりを素手で握るか問題が描かれていたが、ビニール手袋を使っている登場人物にマイノリティ感も潔癖さもなく、むしろ衛生観念があると作中では捉えられていた。

去年、ある大学の医学部の小論文試験で、「他人の握ったおにぎり」に関する問題がだされたというニュースを読んだ。自分が教師という仮定で、稲刈りの体験授業に生徒を連れていく。そこで農家のおばあさんが手作りのおにぎりをふるまってくれた。しかし、生徒の中には他人が握ったおにぎりを食べられない子が多数いて、おにぎりが大量に残ってしまう。さあ、あなたは生徒にどう指導し、おばあさんになんと伝えるか。そんなような問題だった。

これは難しい、と思った。同時に時代が少しずつ変わってきているのも感じた。模範解答や採点基準はわからないけれど、食べものを残す生徒を教師が叱責するのを推奨しているわけではないはずだ。他人の握ったおにぎりが食べられない人も、他人におにぎりを当たり前に握ってふるまえる人も、どちらも等しく社会にいることを知っていようという姿勢が見える問題文で、常にマイノリティ側だった身にはちょっと目の前がひらけた気がした。自分が口に入れるものに関してくらいは「嫌」と言える世界になって欲しい。


しかし、偏屈な私には「他人の握ったおにぎり」よりはるかに苦手なものがある。それは「他人の和(あ)えたもの」だ。和えもの。飲食店ならばいい。小料理屋のカウンターで日本酒片手に、大将が目の前でささっと作ってくれるほうれん草の白和え、白身魚の酒盗(しゅとう)和え、うるいのふき味噌和えなんかをつつくのは幸せな時間だ。しかし、この「和え」という言葉が曲者(くせもの)だと思う。なんか粋にしてしまう。

手元の広辞苑では「あえもの」は「野菜・魚介類などに味噌・胡麻・酢・辛子などをまぜ合わせて調理したもの」と書かれている。ざっくりだ。ウィキペディアだとかなり詳細で、梅肉や木の芽など和えものに使う調味料も多く書かれ、食材は下処理を行うとか、熱いものは決して使用しないとか、和える前に材料の水気を切るのが鉄則とか、信頼できることが書いてある。

「闇カツ」では「ウィキペディア野郎」と罵ってしまったが、広辞苑とウィキペディアという小料理屋があったら、和えものに関しては絶対にウィキペディアの暖簾をくぐりたいと思う。あのときは、すまん、ウィキペディア。

なにが言いたいかというと、和えものとかお洒落な言い方をしているけれど、混ぜたものだよね、ということである。和合とかいうけど、その実はまぐわいだよね、という胡散臭さと近いだろうか。違うかもしれない。そもそも「和」という言葉にからむ日本的なニュアンスがあまり肌に合わない。なんかふわっとしたもので口当たり良くして、本質をごまかしている気がする。フレンチの料理人に和えものという調理法はあるか尋ねたら、「うーん、メランジュかな。混ぜ合わせたものって意味だけど」とのことだった。ストレートに混ぜたものと言っている。

菜の花の辛子和え、とだされれば春の香りがしてきそうだが、菜の花と辛子を混ぜたもの、と言われると、清潔感のある飲食店以外では不穏な気配がただよう気がしないだろうか。それが素人の料理だったらなおさらだ。

「パフェが一番エロい。」でも書いたが、小さい頃から食べものが混ざるのが苦手だった。飲食店やスーパーの惣菜ならば材料が書いてある。しかし、よその家でだされる和えものはなにが混ぜあわされているかわからない。牛乳が天敵だったので、はじめて祖父母の家で白和えを見たときは見つめているだけで吐きそうになった。頼むから「豆腐を潰して、こんにゃく、人参、きのこと混ぜたもの」と教えて欲しかった。また、私は市販のマヨネーズがあまり好きではなく決意しないと食べられないので、「隠し味にマヨネーズが」とか食べた瞬間に言われると、もう飲み込めなくなってしまう。隠すなら最後まで言わないで。

苦手な食材がある人間にとっては、混ぜるってかなり恐ろしいことなのだ。原形をなくして一見わからなくさせてしまうから。そして、煮込みや揚げものなどと違って混ぜたのちに火を通していないので、いつ作られたものなのか不安になる。ちょっと底のほうに水気がでていたら、なんの汁？　もしや下処理してない？　ああ……この世の終わりだ、と絶望する。はじめての和えものを食べる瞬間はものすごく緊張するし、気分がアグレッシブなときでないとあまり挑戦できない。

体調が悪かったり、混ぜることについて考えすぎてしまったりしたときは、まったく手をだせなくなる。そういうときは和えものの範囲が広がる。和える＝混ぜる、だとすると、ポテトサラダもなめろうもナムルも和えものになる。玉子サラダももちろん和えもの。なので、玉子サンドが定期的に食べられなくなる。誰かが刻んで混ぜ合わせた卵……と思うと、もう無理だ。関西の玉子サンドは焼いた厚焼き玉子が挟まっていることが多いのでとても救われている。たぶん、べちゃとかぬちゃとかいう擬音が当てはまる食べものに恐れを抱く傾向にある。

いままで「私も他人の和えたものがちょっと苦手」と言う人に出会ったことはない。子供の頃から友人の誕生パーティーなどで当たり前のように手製のマカロニサラダなんかがだされると「うおお……」と身をかたくしてきたが、ちゃんと口にだしていれば同じような人も見つかったのだろうか。そもそも「和える」なんていう言葉があるのも、「混ぜる」に抵抗がある人がいたせいなのかもしれない。いつか「他人の和えたもの」も試験問題になるだろうか。

歯がでる

炒めものをしていた。セロリと牛肉で。牛肉は私の好きな肩ロース、赤身が多いのでかたくなる前にさっと火を通したい。ナンプラーをちゃっとまわしかけ、火を切る直前にレモンを搾って、皿に盛ったら黒胡椒をたっぷりと挽（ひ）いて――
と、イメージしていた。しかし、ナンプラーの蓋が開かない。片手でフライパンを振りながら、もう一方の手の親指でパックマンのように開くはずの蓋をぎゅううううっと押しあげようとする。開かない。またか、と思う。タイ産のナンプラーの瓶は液体の切れが悪く、蓋のまわりに付着したナンプラーが結晶化してしょっちゅう蓋がガチガチにかたまってしまう。あー肉に火が入りすぎる！　指が痛い！　爪が割れる！

次の瞬間、ナンプラーの蓋に齧りついていた。下の犬歯が蓋のでっぱりをとらえ、的確に、かつ素早くこじ開ける。さっとフライパンに投入。予定通りの流れで料理は完成した。

しかし、ナンプラーのプラスチックの蓋にはしっかりとした歯形が。

つい、歯がでる。切羽詰まったり、カッとなると、手よりも歯がでる。菓子の袋は歯でひき裂くし、買った服をすぐに着たいときはプラスチックのタグを歯でねじ切る。小さい頃は友人に噛みついたことがある。親戚でビール瓶の蓋を歯で開ける人がいたので、顎が強い家系なのだろう。できる気がするが、あいにく私はビールを飲まない。

握力より、顎の力のほうが数段強いし、指先より歯や舌の感覚のほうが鋭敏な気さえする。爪なんていう脆弱(ぜいじゃく)なものとは比べものにならない。例をあげるなら、アポロチョコをピンクと黒の部分に分けるのは手では絶対にできないが、歯では容易(たやす)くできてしまう。歯に絶対の信頼をおいている。

しかし、そのせいで我が家の瓶やチューブにはあちこち私の歯形がついている。アポロチョコもピンクと黒に分けられるが、もれなく唾液がついてしまう。

ここまで書いて、ふと手が止まった。そのまま数日経過してしまった。

その間、なにがあったかというと、新型コロナウイルスの影響で東京都知事が週末の外出自粛要請をして、私の四月の東京での仕事や打ち合わせがすべてなくなった。ちょうど新刊がでるタイミングで書店訪問や取材などに合わせて打ち合わせや会食の予定が入っていたのだ。

そして、四月になった今日、東京での常宿にしているホテルから電話があり、今月の営業を見合わせると告げられた。五月から再開する予定ではあるが、状況によってはそれも変わるかもしれないと言う。感染者がでたわけではなく自粛である旨を焦ったような口調でつけ加えていた。

　マスク着用、手洗い、うがいが推奨されている中で、歯を使ってものをこじ開けるエッセイはどうなのか。いや、手洗い等は推奨どころではない、今や厳守と言ってもいいくらいだ。日に日に感染者は増え、誰がキャリアかも、自分が人にうつす可能性もないとは言えない状況で、唾液のエッセイなんて不衛生の極みだし、濃厚接触どころじゃない。どう考えても笑えない。

　そういう状況になったのだと、東京出張がすべて白紙になってようやく私は気づいたのだ。疫病の脅威にさらされているのは、もちろん東京だけではない。世界規模で感染がひろがっているし、私の住む京都も安全なんかではない。私は以前からひきこもりだが、一緒に住んでいる殿こと夫は外で働き、不特定多数の人と会っている。

　二月の末はここまでではなかったと思う。ジムに通いはじめたり、北陸に旅にでたりしていた。歯でものをこじ開けるエッセイだって迷わず発表できただろう。新型コロナウイルスのニュースは見ていたが、毎日欠かさずチェックするほどではなかった。さらっと書いた「濃厚接触」なんていう言葉も周知のものではなかった気がする。

　けれど、一ヶ月で変わった。寝て、食べて、仕事をするいつもの日常の中に、ひたひたと不安や脅威が侵食してきて、予定なんてものがたたなくなってしまった。同じ時代に生き、リアルタイムで読んでくれている人々の日常もきっと前とは同じではないはずだ。

それでも人はものを食べるし、記録魔の私は変わっていく日々のことを日記やノートに記録している。物語だって書いている。ただ『わるい食べもの』はエッセイだ。私が感じたことを書く媒体でありながら、「好きに食べる」という自由について提案してきたつもりだった。でも、今、私の言葉でなにを書けばいいのか。「今」というものに直面して頭と体がかたまってしまった。

経過したことなら書ける。書くことで消化もできる。けれど、今この世界で起きていることを私自身が日々整理できていないし、ひるんでいる。この先どうなるかもわからない。自粛が要請されている中で、好きに食べ歩くことを人に勧めることもできない。反面、大好きな飲食店が経営難に陥っていくのがとても心配だ。かといって、いままでと変わりない日々の食事をつらつら書くのも白々しい。自分が書きたいものも、人々が『わるい食べもの』で読みたいであろうものも見えなくなってしまった。

なので、正直に「今」の気持ちを書いてみた。今日も私は茶を淹れたし、好きな洋菓子屋のクッキーを食べた。夕飯はもらいものの筍（たけのこ）を炒めるつもりだ。和の味つけは昨日したから、ちょっとエスニック風にしてみようかと思っている。

ナンプラーの蓋はまたうまく開かないだろう。ためらいなく口に突っ込めるだろうか。筍がたくさんあるからといって友人を夕食に呼べるだろうか。

「今」はっきりしているのは、こんなことを考えずに歯を思う存分に駆使して日常を送りたいということだけだ。そして、それを笑い話にしたい。

二〇二〇年四月一日

告白します

二月の末、ネットニュースでトイレットペーパーの買い占めが起きているという記事を見た。ツイッターを見ると、ない、ない、とドラッグストアの空っぽの棚の写真があがっている。紙が不足するというのはデマであり、充分な在庫はあるので買い占めはやめようという情報も拡散されていた。

京都はのんびりしているし大丈夫だろうと思っていたら、ドラッグストアやスーパーの前に「トイレットペーパーは売り切れました。次回の入荷は○日後です」なる紙が貼られるようになった。我が家は、殿こと夫が花粉症で、なおかつ冬場はインフルエンザ予防に努めるためマスクの備蓄はあった。しかし、トイレットペーパーはかさばるので、過剰なストックはしないようにしていた。このまま手に入らなかったらどうしようとちょっと尻が落ち着かなくなった。

しかし、デマだというのになぜ棚が空っぽになるのか。ドラッグストアの店員さんも疲弊しているという記事を読み、買い占める輩(やから)が憎くなった。恥ずかしくないのか、そんなことをして。そもそも、なぜ物資が不足するとまずトイレットペーパーに思い至るのか。オイルショックから何十年も経っているのに。常備薬や食料よりも尻の不安が先立つ不思議。尻など最悪、洗えばいいじゃないか。紙で拭うより、排泄の度に洗うほうが衛生的には良さそうだ。ちょっと尻がカサカサになりそうだけど。

さては、みんな野で用を足したことがないのだな、と思った。私は幼少期にアフリカに住んでいたとき、サファリで何度となく野の世話になっている。大自然で尻をだす心許なさに比べれば、自宅で尻を洗うくらいなんでもない。またいつか野の世話になるかもしれないと思って、野糞を実践されている伊沢正名さんの『くう・ねる・のぐそ』という本を大切に保管している。そこにはちゃんと尻を拭くのに適した葉が季節別に載っている。棘や毒がある植物で尻を拭いてしまったら、それこそ尻の一大事だ。

そんな風にもやもやしたにもかかわらず、一ヶ月後の三月末、なんと私は買い占めに走ってしまった。トイレットペーパーではなかったが、文句を言ったくせに恥ずべきことである。東京都で週末の外出自粛要請がでて、銀座の愛する老舗デパートが閉まっている映像を見た瞬間、嗜好品の数々は不要不急に含まれることを悟った（ちなみにこの「不要不急」という言葉、知ってはいたが最近まで使ったことがなく、広辞苑で調べてしまった）。そのときはまだ緊急事態宣言はでていなかったが、もう時間の問題だと噂されていた。食料が供給されなくては人は死ぬ。だから、スーパーはライフラインとして残るだろう。けれど、不要不急の宝庫であるデパートはきっと休業してしまう。

焦った私は半日かけて京都市内の好きな嗜好品の店を徒歩でまわった。自粛生活になったとて、家に居続けるのは苦ではない。そもそもひきこもって執筆するのが私の仕事だ。何度読み返したっていい本もたくさんある。けれど、生命維持に必要な食料だけでは私の魂は死ぬ。魂が死んでは執筆はできない。

その日、私がまず買ったのは「Fortnum & Mason」のアールグレイクラシック、「MARIAGE FRÈRES」のマルコ ポーロという二大好物紅茶のストック。これらは切らさないようにしている。合わせて「PIERRE HERMÉ PARIS」のジャルダンドピエールという柑橘（かんきつ）やジャスミンやローズが香る夢見心地になる紅茶。いつもはエルメにケーキを食べに行くときに飲んでいたが、しばらく行けなくなるなら家に欲しくなった。ショコラティエ「ASSEMBLAGES KAKIMOTO」のぎゅっと濃厚なオランジェットとカリカリ芳ばしいサブレショコラノワール、「JEAN-PAUL HÉVIN」の子供の玩具みたいなイースター用ショコラ、老舗和菓子屋「鍵善良房（かぎぜんよしふさ）」の舌の上ですっと儚（はかな）く溶ける木箱入りの菊寿糖（きくじゅとう）、おなじみ「虎屋」の小形羊羹を全種類、老舗洋菓子店「村上開新堂」のレトロで優しいロシアケーキ、「Pâtisserie.S」の果物と香辛料を合わせた瓶詰のスイーツの如（ごと）きコンフィチュールなど、日持ちのするものばかり。持ち帰り、ならべて、息をついた。最強に優雅な一軍を手にした気分だった。これで、戦える。買い占めというか、買い漁（あさ）りだ。

自分でも予想外だったのは、香水とアロマオイルと入浴剤も買ったことだった。ちょうど『透明な夜の香り』という香りをテーマにした新刊が発売される頃だったせいもあるだろうが、尻は最悪洗えばいいと思っていた自分が、なくてはならないものに「良い香り」を選択したことに少し驚いた。思えば、ふだんは中国茶をよく淹れるのに、まっさきに香りの好きな紅茶を買いにいった。

日々の中で香りとか嗜好品とか小さな華やぐ時間がなくては、きっと私は耐えられない。知人や友人でも、花の定期便を申し込んだとか、欲しかった古伊万里の一輪挿しを手に入れたとか、画集や写真集を買ったという人がいた。電気、水道といったライフラインが断たれないなら、自分の心を維持するための美しいお守りを持っておきたい。誰かの分を奪ってまでとは思わないけれど。

不要不急は、ほんとうは人によって違う。状況によってもきっと大きく違ってくる。今は多くの命が関わっているので、感染防止のために皆が守らなくてはいけないことがある。したいこともできないし、生きがいにしていたものを我慢しなくてはいけないこともあるだろう。でも、そんなときこそ、なにが自分にとってなくてはならないものか、命の次に大事にしているのはなにか、くっきりしてくる気がする。今の状態がどれくらい続くかわからないが、誰かにとっての無駄や贅沢でも誰かにとっては生きるよすがで、そういうものが互いに侵害せず混在している世界が当たり前だということを忘れずにいたい。

二〇二〇年四月八日

FORTUM& MASON
EARL GREY

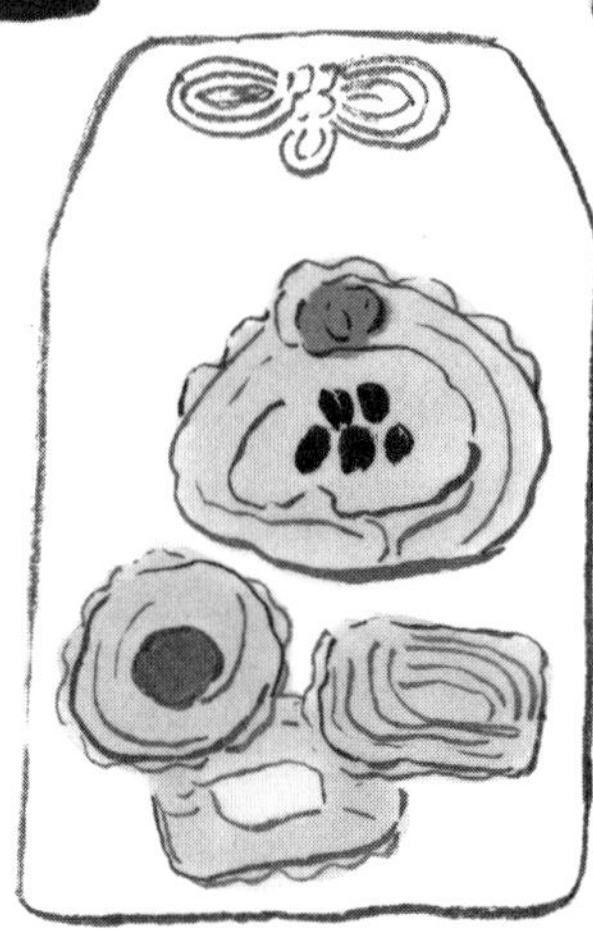

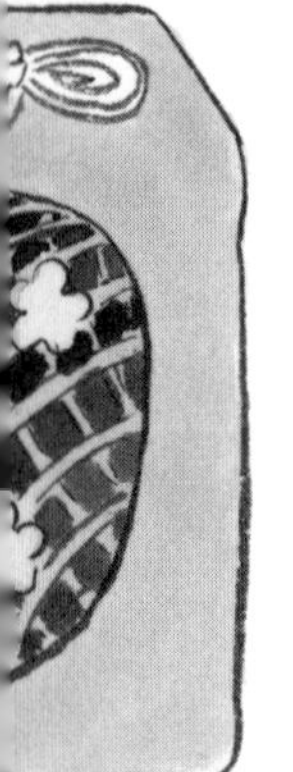

夜の梅

またいつか、ジム飯

東京都で四月七日に緊急事態宣言が発令されてから十日あまり、感染者数は急増して、まだまだ家にいるという地味な戦いが続きそうだ。リモートワークに移行した関東圏の友人や知人たちから最近ひんぱんに「コロナ太り」という言葉を聞く。家で仕事をしているとつい食べてしまう、楽しみが食しかなくて毎日食べることばかり考えている、と友人知人たちは嘆く。

慰めもアドバイスもできず途方に暮れる。こちとら自宅仕事は十二年目の出不精。前作の『わるい食べもの』にも書いたが、毎朝、今日はなに食べよう、と起きた瞬間から考えている人間だ。食べたいときに食べたいものを食べる生活こそ最高と思っている。とはいえ、制限される苦しみもわかるので、外にでられないストレスで食べてしまうとすれば不本意だろうなとは思う。そもそも「リモートワーク」という言葉に慣れない。リモートって遠隔という意味じゃないか。生身の人間に使う言葉なんだろうか。距離を余計に感じるし、自分が端末のひとつになったようで不安になる。

話を戻そう。「そんな生活でよく太らないね」としょっちゅう言われる。もちろん体重は増えている。私は運動が大嫌いだ。疲れるし、汗をかきたくない。学生の頃から体育の授業は仮病をつかって休んでいたし、運動する意味がわからない、自ら疲れようとするなんて理解ができないと、常々公言してきた。体重が増えないわけがない。小説家デビューしたときから七キロは増えている。しかし、その状態を「太っている」と認定するのは自分自身だ。自分が太っていると思えば、家族や友人や恋人が「痩せているよ」と言っても太っているとしか思えないだろう。

私はその判断を服と医師に委ねてきた。気に入っている服が着られなくなったら食事に気をつけた。かかりつけ医は体重に関してはなにも言わなかった。血液検査の結果も正常だった。むしろ、十代、二十代と悩まされてきた貧血も治った。だから、好きなものを好きなように食べるのは間違っていないと確信を深めた。

そんな中、ひとまわり以上年の違う二十代の担当編集者とジムを体験することになった。まだ寒い一月末のことだった。運動嫌いの私だがサーカスやダンスは好きで、中でも天井から吊り下げられた布を使って空中で舞うエアリアルティシューには興味があった。やってみたいね、という話になるやいなや若者編集者は素早く申し込みをしてくれた。

エアリアルティシューは楽しかった。もちろん華麗に舞うことなどできず、布をハンモックのようにしてぶら下がるくらいしかできなかったが、宙に浮く体験は心躍るものだった。血流が良くなったのか、冷え性の体がぽかぽかするのも心地好かった。

しかし、体験にはサービスで体組成計測定がついていた。体脂肪だけでなく、水分量やたんぱく質量、ミネラル量まで測定できるものだ。特に筋肉量は体幹、左右の腕、左右の脚と細かく測れる。その数値を見て、私は愕然とした。下半身の筋力が「低」。若者編集者は「標準」だ。総合得点も高い。反面、私の総合得点は一〇〇点満点のうち六九点だった。「座りっぱなしの生活ですか?」とトレーナーさんに言われる。正解です。朝から晩まで座っています。ふと、そのとき頭をよぎったのは数日前に読んだ人気漫画家の新刊のあとがきだった。座りっぱなしの生活を続けたため、しゃがむと脚の力だけでは立ちあがれなくなったと絵で描かれていた。それは怖いと思った。なにより、私はヒールの高い靴が好きで、それを履けなくなるのは悲しい。筋力を「標準」に戻そうとその場でジムに入会した。

若者編集者とジムをでると、なんだかふらふらした。そんなにショックだったのかと思っていたら、彼女が「お腹へりましたね」と言った。これは空腹だ！　と気づく。エアリアルティシュー体験の前は二時間は食事を控えてくださいと言われていた。マシン講習も受けたので、朝食を食べてからすでに五時間近く経っていた。家でこんなに長い時間、菓子すら食べないことはめずらしい。すごい空腹。これはもう飢餓と呼んでもいいのではないか。目についたチェーンのうどん屋へ駆け込んだ。

ふだん、あまり麺類を外で食べないのに、そのときはとにかくうどんが食べたかった。そして、米。明太玉子あんかけうどんに稲荷寿司、つい鶏天もつけてしまった。店内の油の匂いを嗅いでいると揚げものも食べたくなったのだ。若者編集者も葱を山のように盛った肉うどんにイカ天をつけていた。味としてはごく平均的だったと思う。頭と舌はそう判断した。なのに、異様にうまい。うどんの明太子を鶏天にべったりとつけて頬張ると震えが走った。体がうまい、うまいと凶暴に唸っている。

「お……おいしい……」

「そうなんです、運動の後って、おいしいんですよ」と、大学時代は運動系サークルだった若者編集者が深く頷く。

「昔、ジョギングしていたときは往路でピザを注文して、復路で受け取って食べてました」

「それって痩せるんですか」

「まったく痩せないですよ！　でも、筋肉はつきます」

そうかそうか、ならいいかと、欲望のままにケーキも食べに行った。

次にジムに行ったのは、節分の前日だった。ボクササイズとマシン講習でへとへとになり、一日早いが恵方巻とシュークリームを買って帰った。恵方巻はそのままごくごく飲めるんじゃないかと思うほどうまく、シューの中のとろとろカスタードはどうしよう……と恐ろしくなるレベルの美味しさだった。運動の後はとにかく炭水化物と糖がうまい。ダイレクトに体に吸収されていく感じが、なにかに似ている。あれだ、点滴だ。足りないものがぐいぐい入ってきて体を駆けめぐる感覚。

そうして私は運動後のジャンキーでケミカルならまさに夢中になってしまった。家でゆったりと茶を淹れながら甘いものをつまむのとは違う、享楽的な昂奮があった。それを味わうことを目的に二月は週に一、二回ジムに通った。

　しかし、三月、新型コロナウイルスの感染拡大防止のために私の通うジムが休業してしまった。ひきつづき今月も。五月もどうなるかわからない。私の体はあの快楽を忘れはじめている。鮮烈で衝動的なものは醒（さ）めるのも早い。殿こと夫は「ジムでしか運動できないわけじゃない」と言うが、ジムで強制的にへとへとになり飢餓感のままに街で買い漁るまでが私の運動なのだ。家の食とはまた違う。あの劣情のような食はこのまま幻になってしまう気がする。

　コロナ太りを訴えてきた友人も「でも、免疫下がるから、いまはダイエットできないしね」と言っていた。「もっともだ」と笑った。いいさ、いいさ、いまくらい好きなものを食べるがいいさ。

二〇二〇年四月十七日

異世界への黒い扉

子供の頃、『美味しんぼ』をよく読んでいた。その中で、失恋の痛手で拒食になってしまった若い女性の話があった。どんなご馳走も食べようとしない彼女の病室で、主人公の山岡士郎(やまおかしろう)は伊豆から採ってきた海苔を七輪で焼く。病室でパタパタ火を熾(おこ)すってどうなの……と思うが、『美味しんぼ』の世界では食の優先順位がなににおいても勝るので、たびたび常軌を逸した行動が見られる。

正直、わざわざ七輪だして海苔か、と思った。地味だ。ホタテとかハマグリとか、もっとジューシィーな海のものを焼いて欲しい。けれど、若い女性は海苔の焼ける芳(こう)ばしい香りで、小さい頃に海岸で海苔を採った記憶がよみがえり、生きる力を取り戻す。泣きながら食べる画(え)を見ても、うーん海苔か、という気持ちは拭えなかった。子供だった私にとって海苔は、手巻き寿司の際に米と具を包むための、ただの黒いシートだった。甘い味つき海苔でなくては単体で食べようという気にはならなかった。

大人になり自炊するようになっても、海苔に対するこだわりはなかった。海苔は湿気(しけ)ると臭くて不味いことに気づいたので、なるべく少量で買い、真空パックに入れて保管するようになったくらいだ。海苔弁は好きだったが、どちらかといえば醬油にひたした海苔が好きなのであって海苔が好きなわけではなかった。磯辺焼きに不可欠な海苔も、ポッキーでいうならチョコのついていない柄の部分のような、持ち手として認識していた。でも、ふやけた海苔が手に貼りつくのは嫌だったので、おにぎりは塩むすびのほうが好ましかった。

そんなある日、知り合いの編集者から海苔をもらった。「人から教えてもらって買ったら、とても美味しかったので」とその人は言った。ほうほう、と朝食に添えてみた。食べてみて驚いた。バリッと歯切れが良いのに口触りは優しく、風味もいい。しつこくない磯の香りがさっと流れる。「海苔ってこういう味なんだ」「さすが良いものは違うね」と殿こと夫と語り合いながら食べた。いままでは単なる米のまとめ役にしかすぎなかったのに、米と張りあっている。ちぎって蕎麦にちらしても、和えものに使っても、海苔としての香りと存在感を失わない。自立した海苔に初めて出会ったと思った。よく考えてみると、寿司屋の海苔は美味しい。すぐにへたらないし、酢飯や具材にひけをとらない。海苔って大事だったのだな、と気づかされた。私は『美味しんぼ』をまるで理解できていなかったのだ。

しかし、殿がよく言う「美味しいものに出会うのは不幸だ」の意味にも気づかされることになった。もらいものの高級海苔がなくなり、以前のようにスーパーで海苔を買うと、どうも味に納得がいかない。これじゃない感が半端ではない。「違う」「うん、違うな」と食卓で暗い顔になるので、もらった海苔を探すことにした。会社は九州にある有明海苔専門店だった。海苔を使った菓子なんかもある。「ネット注文するよ」と殿に言うと、「それやっちゃうと、もう戻ってこられないぞ」と意味深なことをつぶやいた。なんなんだ、海苔は異世界への扉か。「違うよ、美味しいものを知ってしまうともう戻ってこられなくなるんだよ」と殿は言った。

それはどうだろう。名パティシエの作る洗練されたケーキを食べてしまったからといって、下町の洋菓子店の苺(いちご)ショートが嫌いになるわけではない。フレンチレストランで牛ホホ肉の煮込みにとろけても、居酒屋のおでんに幸せになる。そう思ったので、深く考えずネット注文したが、殿の読みは当たり、それ以来ずっと海苔は同じ店から取り寄せている。朝食が米のときは必ず海苔をだすようになってしまった。もう、行ったこともない有明海から離れられない。

「素材重視の食品は怖いよ」と殿は言う。

先週の四月十六日、緊急事態宣言の範囲が全国に拡がり、私の住む京都も休業する店ばかりになった。外食ができなくなるので、家の食事を充実させようと同じ海苔専門店からランクが高いものを取り寄せた。遮光袋に「特上」の金色のシールが貼ってある。

それでも、いま食べている海苔だって相当に美味しいのだ。そう違いはあるまいと袋からだした途端に、うっとなった。

輝きが違う。黒光りとはこのことかと言わんばかりに輝いている。しかも、つるつる！　ソーラーパネルみたいだ。一筋の光も取りこぼしてなるものかという隙の無さ。少し曲げただけで、パアンッと折れる。薄くてパリッパリなのだ。

「あーあ、なんてことをしてくれたんだ……」一枚食べて、殿が言った。「やってしまいましたね……」と私もうなだれる。至高の海苔。米がかすむ。「これで手巻きしたら終わるね」と言いつつ、酢飯と具をたっぷり並べて、たらふく海苔を味わいたくなっている。だって美味しいんだもの。美味への欲望には抗（あらが）えない。新型コロナウイルスのせいでまた新たな世界に足を踏み入れてしまった。

でも、いまは非常時だとわかっているので、まだ戻れる気がする。平時に戻ったタイミングで元の海苔のランクに戻せばいいのだ。このまばゆい海苔はコロナ時だけのイベントだと、必死に自分に言い聞かせながら味わっている。

二〇二〇年四月二十四日

肝試し料理

緑も花も鮮やかな五月。しかし、緊急事態宣言下で外出する用事はない。幸いなことに仕事はいつも通りあって、例年と同じく大型連休中はほとんど仕事机から離れられなかった。働いている飲食店が休みになったせいで、殿こと夫もずっと家にいた。人と会う予定がないとなると、ニンニクなど翌日に匂いが残る食材も使い放題だ。気をつかうことなく、食べたいものを食べられる。さあ今日はなにを食べよう、明日はどうしよう、と話題の大半が食べることになってしまった。

私もそうだが、殿も「より美味しく食べる」ことに貪欲だ。今日の昼食はざる蕎麦の予定だったのだが、雨が降ってちょっと肌寒かったので、最近お気に入りの干し椎茸と舞茸(まいたけ)の温かいつけ汁を作った。出汁をとっている時点で「舞茸のやつ?」と察知した殿は「薬味さあ、葱よりも三つ葉が合うと思わない?」と言ってきた。私は冷蔵庫にある葱とおろし生姜で済ましてしまおうと思っていたが、そう言われると三つ葉が食べたくなった。三つ葉って、たいして値段が高いわけでもないのに薬味としてあると急に料亭感が増す食材な気がする。「いいねー」

と言うと、「じゃあ、買ってくる!」とマスクをしてスーパーへ行ってしまった。自粛要請の中、薬味のためだけに外出できるフットワークの軽さ……いや、美味への執着……。

ちなみに、我が家はコロナ禍の前から、食材の買いものは単独行動がルールだった。子供でも老人でもないのだ、スーパーには付き添いも補助もいらない。狭い京都市内はスーパーも狭く、店内で買い物籠を持っていたら肩や腕が触れずにすれ違うのもやっとだ。壁のすべては陳列棚、散歩ついでに妻についてきたおっさんが用もなくぼーと立っていていい場所などない。食材に興味がないなら、犬と一緒に外で待っていて欲しい。なにより食材を選ぶときは真剣勝負だ。頭の中で献立や使いまわしも考えたいので集中したい。そして、傷む前にさっさと家の冷蔵庫に運びたい。スーパーも店によって商品が違うので、いくつかまわりたい。なので、「私は茄子を大袋で買いたいから八百屋いくわ」「わかった、俺は豆腐と塩蔵ワカメが安い○○スーパー」「よろしく、塩鮭が安いみたいだから帰りに△△スーパーも寄る」「もし卵が安くなってたらお願い」「了解」「じゃあ」みたいな感じで戦場の兵士のようにさっと分散する。ここで大事なポイントはそれぞれの食材の底値を知っているかどうかだ。同居相手の必要最低条件といってもいい。買いもののひとつ任せられないほど信頼のない相手とは生活を共にするのは難しいと思う。

そんなこんなで、緊急事態宣言下で外食ができなくなっても、以前と同じように手分けして買いものや調理をし充実した食生活を送っていた。もともと在宅仕事だった私は仕事量などほぼ変化がなく、自粛で家にいるからといって凝ったものを作ったりはしなかった。

　けれど、料理人である殿は「体がなまる」と言って、率先して台所に立った。ちょうど新玉葱(しんたまねぎ)の季節で、「しんたま、しんたま♪」と即興で歌いながらサラダ用に薄切りをしていた。新玉葱が好きなんだな、と台所を通り過ぎようとして足が止まる。音がおかしい。ダダダダ！と、まるで機関銃のよう。ちょっと家庭の台所では聞いたことがない音。私が薄切りをしてもせいぜいトストスッだ。殿はリラックスした顔をしている。包丁を持った手だけが異様に速い。

　プロだ……と思った。殿が料理人である事実をすっかり忘れていた。いや、いままでは家では家モードで調理していたのだろう。あれは本性というか、仕事モードの包丁さばきなのだ。その後も、「暇だからおやつでも」と言っては、中華鍋を使って胡桃(くるみ)の飴がけを作ったり、パルミジャーノを使った酒にも合うスフレチーズケーキを焼いたりしていた（出来たらすぐに食べなくてはいけないので焦る）。家庭で作るおやつなんてホットケーキ程度でいい。なぜ、そんな予想の斜め上のものを……とひるんだ。美味しかったけど。

　なんだかちょっと不安になってきた。家事は分担なので私も料理をするのだ。いままでもそうだったし、これからもそうだ。作ったものを残したり、文句を言われたりしたことはないが、なぜこんなプロが素人の作った料理を食べられるのだろうと、純粋に疑問に思ったので訊いてみた。

「え、だって自分の味には飽きるじゃない。想像通りなんだから」というのが答えだった。殿が料理するときは作っている段階でもう出来あがりの味が見えているし、理想通りに作れるのだという。他人の料理、特に素人の作るものは味の予想ができないから面白いそうだ。

そんな肝試しみたいな気分で食べられていたのか……と愕然とする。つまりは、はなから美味を期待されていなかった。でも、「自分の味に飽きる」という感覚はわかる気がした。自粛で自炊が増えた人たちにも思い当たる節があるのではないだろうか。自分で作っていたら、大失敗をしない限りは予想外の味にはなりにくい。

未知の美味はそう多くはない。家庭での「美味しい」はどちらかといえば冒険よりは安定寄りになる。外食に求めていたのは楽や美味だけではなく、挑戦や期待や娯楽といった日常のスパイス的要素も大きかったのだと、この生活で気づかされた。

二〇二〇年五月九日

日常と非日常

お気に入りの居酒屋が営業再開した。関西の緊急事態宣言が解除された日だった。近くを通りかかるたび「当分の間、休業します」の貼り紙を見ては、早くここのカウンターに座りたいな、と思っていたので、すぐに行った。

懐かしい暖簾をくぐる。「いらっしゃいませ」の声。花瓶には花水木といった季節の花がしゃんと美しく生けられ、カウンターには太いアスパラガスや青々としたそら豆が盛られ、ショーケースには鮮魚がぎっしりと並んでいる。

けれど、入り口には除菌アルコール、大将も女将(おかみ)さんもスタッフも皆マスク姿。粋なしつらえを乱しかねない衛生グッズにもう違和感はない。この店はこういう対策でいくのか、と頭と体が判断している。休業要請がでなかった飲食店のコロナ対応は様々だったから。

それでも、ずらりと書かれたお品書きを眺めているだけでもう幸せだった。ああ、好きなものを好きに選べる自由。家の食事だって好きなものを作れるけれど、「あれ食べたい」と思い、買いものに行って準備して、できあがる頃には最初の気分ではなくなっていることもある。「食べたい」と思ったものを口にして、その場で作ってもらえる素晴らしさ。感動に震えていると、つきだしがやってきた。オクラの胡麻和えと鰻巻き。鰻、食べたかった……と涙目になりながら日本酒を頼む。

角のたった刺身に惚れ惚れし、鱧がでていたので落としをお願いする。あたたくて、ふわふわの鱧を梅肉で食べると、京都の初夏を実感する。皿に飾られた青紅葉。季節の感覚が戻ってくる。旬の野菜を天麩羅にしてもらい、木の芽のそえられた鯛のあら煮をつつく。飲み足りなかったので、もずく酢とイカゲソ焼きを追加して、締めは宝石のようにきらきらしたイクラ丼。満喫した。

店内は以前より静かな気がした。ほとんどの客が二人連れで、一人でやってきて、さっと食べて帰る人もいる。酔って大声になる人もいない。人と人との間に透明な膜がうっすらとある気がした。気のせいだろうか。それとも、自分が他人に対して無意識に距離をとっているのか。

一人でふらりと入ってくる常連たちが「ひさしぶり」「どうしてた」と声を交わす。連絡先も知らない、ＳＮＳでも交流しない、店でしか会わない間柄ってあるな、と思う。そういうものを忘れていた。

緊急事態宣言下で、一度だけ外食に行った。知人の店が一日一組だけで営業していたから、応援の気持ちもあって予約をした。その店は祇園にあって、歩いて行ったが、街中は見たことがないくらい人がいなかった。行き交う人とぶつからずには歩けない先斗町もまっすぐに見通せた。

人のいない街はちょっと怖かったし、ＳＮＳに、徒歩で行ったとか、貸し切りだったとか、外食したことを言い訳がましく書いている自分も嫌だった。悪いことをしているわけではないのに。美味しいものを食べるなら人目を気にせず大いに楽しみたい。今はそういうときではないのだと感じた。

もう、そういう空気はなくなっていて、外食でなくては得られない食の悦びが自然にわきあがってきてほっとした。

居酒屋の雰囲気にぼうっと浸っていると意識が遠くなってきた。お酒もまだ二合目で、酔ってはいないのに、まわりの人の声があまり頭に入ってこなくなる。美味しいとは思うのに、どこか現実ではないような奇妙な感覚。食べ終えると、もう家に帰りたくなった。まだ九時過ぎだというのに。以前ならば、飲み足りないとバーに移動して、その後も夜食を求めて彷徨っていた。

でも、もう眠い。頭が疲れていた。すっかり外の刺激に弱くなっている自分に気づく。

自粛生活中は早寝早起きをして、なるべく規則正しく過ごしていた。晩酌はしていたが、免疫が落ちないように深酒はしなかった。家族以外の人と喋ることはほとんどなく、仕事もメールでのやりとりばかりだった。家の中での生活は自分のペースでできることが多く、予想外のことがあまり起こらない。一歩、外へでると、空も、草花も、すれ違う人も、店のお品書きもどんどん変化していって、それらの情報を入れるだけで脳が疲れていく。

家に向かって夜道を歩きながら、明日は家にいようと思った。もともと自分の心身に耳を澄ます生活を好んでいたが、コロナ禍の中での、なにより健康を優先すべきという空気は自分の生活スタイルにはわりと合っていた。無理に人に会わなくてもいい、ひきこもりでも構わない。悪くなかったし、非日常はそれなりに日常になっていた。ふと、自分が今どこにいるのかわからなくなった。

緊急事態宣言下の非日常に不安を感じながらも慣れていき、早く元の生活に戻りたいと言っていたくせに悪くなかったなんて、人間は勝手だ。いや、私が勝手なのだろう。毎年、暑いのは苦手だ夏は嫌だと言いながら、夏の終わりには名残惜しくなるようなものかもしれない。なにが日常で、なにが非日常か。これからも変化していくのだろう。自分勝手に懐かしんだり、価値観をアップデートしたりしながら。もう「日常」を定義するのも難しい気もする。新しい生活様式が提案されても、生活なんて徐々に作られていくものだ。生活はなまもので多様性にあふれている。違う行動をする誰かをことさらに責めたりせず、そのときの自分にとって最善の選択をしながら生きるしかないのだと思う。

帰り際、居酒屋の大将は外まで見送りをしてくれた。「ありがとうございました」と頭を下げながら、そのときだけマスクを外して笑顔を見せてくれた。こちらも頭を下げ下げ去りながら、マスクの下で笑顔になった。常識や日常が変わっても、このとき、嬉しいと思った気持ちは忘れずにいたいと思った。

二〇二〇年五月二十二日

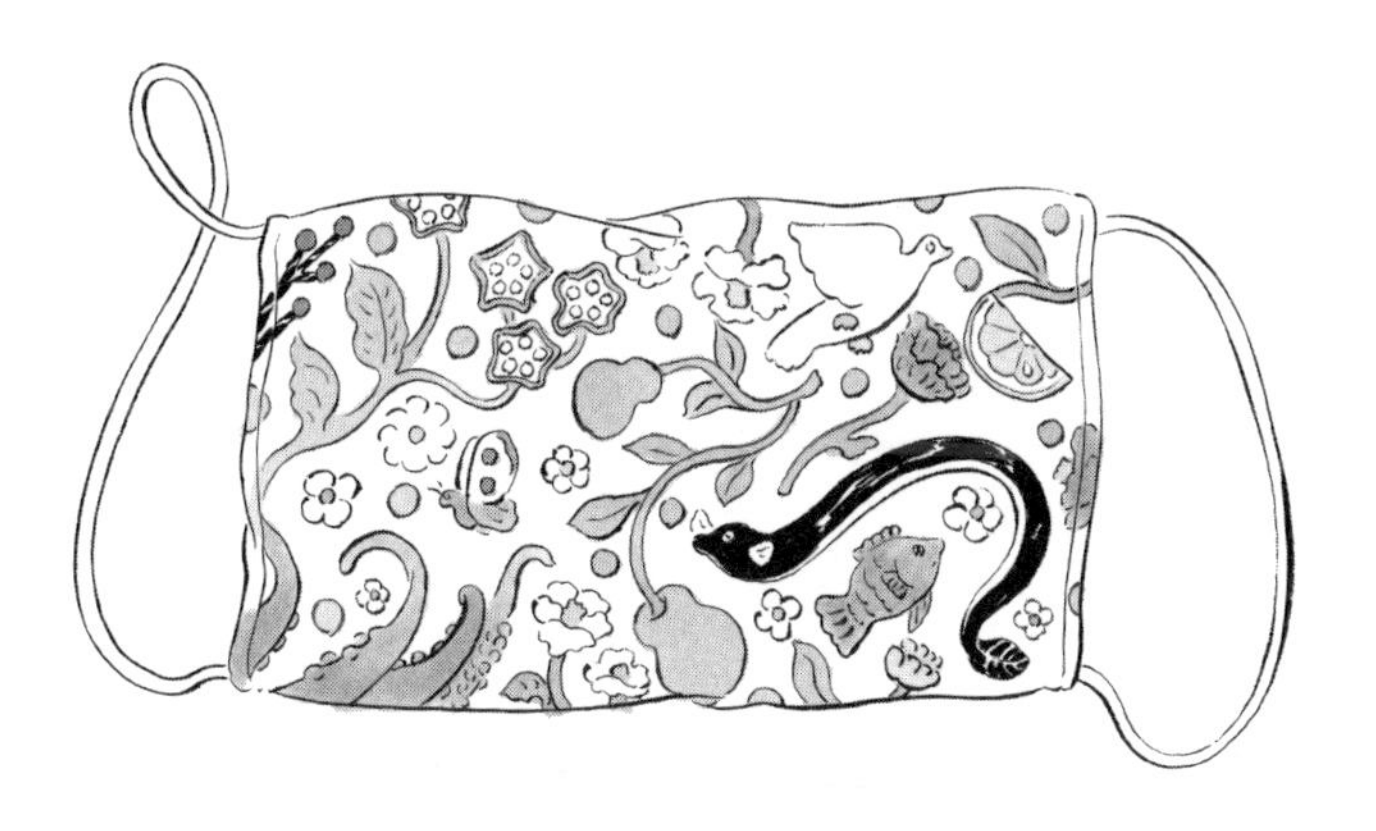

鼻で食う

　コロナ禍中の春に『透明な夜の香り』という小説をだした。調香師が登場する物語だった。実際に何人かの調香師に取材させてもらい気づいたのは、姿の見えない匂いというものをとても的確に言語化することだった。私もわりと鼻がいい。けれど、言語化するのと、しないのでは、認識の仕方がまったく違う。

　先日、取材でお世話になった香水店に行った。梅雨の晴れ間の蒸し暑い日で、マスクをつけて外を歩くと息も絶え絶えになった。店内に入り、香りを嗅ぐためにマスクを外すと、無数の香水の匂いが押し寄せてきた。ふうっと息を吐いたのか、体がゆるんだのか、店員さんが私を見て「マスクどうですか」と言った。咄嗟に言葉を探し、「世界が半分になったみたいです」と答えていた。口にしてから、そんな風に思っていたのか、と気づいた。

　このところ、マスクをつけて外出している。外しているのは家にいるときと、外でなにかを食べるときのみ。香りを嗅ぐためにマスクを外したのは、コロナ対応の世の中になって初めてのことだった。そして、問われてみて、マスクが匂いを遮断していたことを意識した。匂いの情報は私の感覚の半分も占めるのだろうか、と自分で口にしたことに驚いた。少し大げさかもしれない。

思えば、以前から、私は常に個包装のマスクを持ち歩いていた。梅雨時のバスや満員電車で人の体臭が気になるとき、飛行機や新幹線などを使った長距離移動中に眠りたいとき、私は耳栓をするようにマスクをつけた。ウィルスや細菌を防ぐためではなく、嗅覚に蓋をするためのマスク。それはストレスを軽減するという意味での健康対策だった。

けれど、今のように外でいつもマスクをつけていると、匂いがあまり伝わらない世界が常になってしまった。最近、歩いているとき、妙に「眠い」と思っていたが、刺激がなくてぼんやりしているのだろう。酸素不足もあるのかもしれないが、どうも警戒心が薄くなっている。担当編集さんからもらった薄荷（はっか）のスプレーをマスクに吹きつけているが、そもそも世界はミントの香りではない。清涼感も常にあれば飽きる。

日差しの強さは肌や目で感じる以外にも、アスファルトの灼ける臭いや地面の水分が蒸発する匂いで気づく。頭で意識していなくとも、体は「む、夏が近づいてるな」「今日はなかなか烈（はげ）しいな」と反応する。マスクをしているとそれがないので、想像している以上に暑さが負担となってのしかかってくる気がする。家に帰ってからばててしまう。

思い返してみれば、買い食いが減った。デパートの催事場も素通り、たい焼きやいか焼きの屋台があっても眺めているだけ。先日、東京は浅草の醤油団子ですら買わなかった。黒蜜文化の京都では滅多にお目にかかれない醤油団子を、餅好きの私が買わないなんて。いままで、店先で焼いているのを見かければ、飛びつくようにして買っていた。そういえば、友人がいぶかしげな顔で「食べないの?」と訊いてきたが、私は「お腹へっていないから」と答えていた。

予約していた寿司屋に行く途中というのもあったが、団子や餅は空腹とは関係ないと常々主張していたはずだ。息をするように食べていたのに、と愕然とする。なぜ。

それはきっと匂いのせいだと思う。醤油団子を焼く芳ばしい匂いがマスクに遮られていたから。目だけで団子を見て、匂いのしない団子、と私の体は認識し、冷めている、と判断したのだろう。そのため、その場で齧りつきたいという欲望が目覚めなかった。

嗅覚の判断は速い。きっと、頭で考えるよりもずっとずっと早く感情を動かす。

香水店では夏用の香水は買わなかった。家で使うアロマキャンドルと森林の香りの入浴剤を買った。しばらくマスク着用の日常は続くだろう。香水を身につけても、自分にも他人にも伝わらない。それなら、と家で使う香りを選んだ。私は外出するときしか香水はつけない。

長居をしてしまったので、帰り道は暮れていた。まっすぐに伸びる京都の道に人影がないのを確認して、マスクを外してみた。家々から流れてくる煮炊きの匂いに腹が鳴った。シャンプーの香りが混じり、早々と風呂に入っている人がいるのがわかる。橋を渡ると、湿度の中にかすかに夏の夜の匂いがした。終わりかけの梔子の香が甘くただよう。もうすぐ夏だ。こうして、鼻で世界を食べて、季節の移り変わりを知る。

新型コロナウイルスの症状のひとつに嗅覚消失が起きることがあるとネットニュースで読んだ。それは一体どんな世界なのだろう。マスクをつけて、思った。

二〇二〇年六月二十二日

愛のこじらせ

店で食べる唐揚げと、家で作る唐揚げと、お弁当に入った唐揚げは、同じ料理でも違う味に感じる。どのシチュエーションでも「お、唐揚げ」とテンションがあがるし（たとえ自分で作っていても）、冷めて衣がしっとりしたおいしさも、揚げたてのジューシーなおいしさも、どちらも「いい」と思える。

しかし、シチュエーションが変わると食指が動かない、という食べものも存在する。食の選択肢が多い中ではぼんやりしていたが、コロナ禍の自粛期間中、それがくっきりしてしまった。

自粛期間中、様々なジャンルの飲食店がテイクアウトを始めた。オンラインストアも充実し、家にいても全国津々浦々の食べものが取り寄せられるようになった。私は意気揚々と菓子や果物を取り寄せ、「おめざ」と称して毎朝楽しんだ。好きな飲食店の弁当を買い、ちょっと凝った料理を作ってみたりした。

けれど、食べようとしなかったものがあった。寿司とパフェだ。

寿司はカウンターで握ってもらって食べたい。仕方ないので、刺身を買ってきて手巻き寿司をし、なんとか寿司欲をごまかした。けれど、パフェは必死で頭から追いやった。パフェを提供する店はほとんどが閉まっていた。テイクアウトパフェをやっているところもあったが、どうも惹かれなかった。ネット上では家で創意工夫をして作る「おうちパフェ」なるものが散見されたが、なるべく目に入れないようにした。なんか違う、と思ったのだ。

まずテイクアウト。これはちょっと時期尚早な気がした。ケーキならいい。箱に詰めて持って帰りやすいように、長年の試行錯誤によって設計された食べものだから。愛するバンド「クリープハイプ」に、ささやかな日常のかけがえなさと切なさを歌った「ねがいり」という曲がある。そこに「ケーキを買って今から帰るよ」という歌詞があるのだが、そっと崩さないように、言葉にできない気持ちを託すように、一緒に暮らす人のためにケーキを選ぶ不器用さが見え隠れして大好きだ。でも、もしここがケーキではなくパフェだったらどうだろう。「え、わざわざパフェ?」「パフェって持ち帰りできるの?」「どこの店?」と一気に歌に集中できなくなる。

つまりは、パフェはまだ手土産としての普遍性を獲得してはいない。技術的な不安がある。これから進化していくかもしれないので、もう少し様子を見たい。それに、個人的には「崩れやすいぎりぎりのバランス」を保っているのがパフェだ。安定しすぎていても興をそがれる。「おうちパフェ」に対しては、非常に頑なになってしまった。どうも、したくない。パティスリーで働いていたことがあるくらい菓子作りは好きだ。やってみたらきっと楽しい気もする。けれど、パーツを揃えて盛ることを考えると、気分が萎んだ。アイスクリームをひとすくい、スポンジをセルクル一個分、生クリームを二匙だけ作ることは不可能だ。可能かもしれないが美味しくできない。菓子のほとんどは大量に仕込むほうが味も食感も安定する。買ったとしても余る。

グラスにパーツを入れて、理想通りの「おうちパフェ」を作りあげたとしても、台所を振り返れば余った食材や汚れた調理器具が散らばる死屍累々たる惨状になることがありありと想像できる。パフェを食べた後に、余ったパーツを腹に片付けるのも嫌だ。友人にそれを話すと「じゃあ、食材がなくなるまでパフェを作っては食べ作っては食べしたらいいじゃない」と言われたが、どんどん完成度が下がっていくパフェを食べ続けることを想像すると、やはり萎える。

家での調理なんて後片付けも食材が余ることも大前提なのに、どうしてパフェだけは受け入れられないのか。唐揚げをした後の油の処理は平気なのに、生クリームをたてたボウルを洗うのはなぜ嫌なのか。面倒臭いからじゃない。なんか見たくないのだ。すごくパフェが恋しいのに、好きすぎて、半端な姿に耐えられない。愛するパフェには完璧でいて欲しい。こじらせている。もう我慢するしかない、と心に決めて過ごした。テレビで尊敬するパティシエが家で作れるパフェのレシピを公開していたが、頑として作らなかった。

そして、緊急事態宣言の解除された六月初旬、ついに好きなパフェ店が開いた。私はいそいそと出かけた。いつも行列ができる店なのに、店内は私一人だった。

新作のパフェが二つあった。味が想像できない「モンテリマールサンデー」なるパフェを選ぶ。待つこと数分、「お待たせしました」と二ヶ月ぶりのパフェがやってきた。店員の声は耳に入っているのにパフェしか見えない。パフェが空中をすべってきて、華奢なガラスの一本足で着地する。二本のビスコッティが塔のようにそびえ、象牙色と渋い緑とピンクのアイスに赤紫のソースがとろりとかかっている。コンポートされたチェリー、砕かれたナッツ、いまにも崩れそうな生クリーム。「わあっ」と思わず声がでる。そのとき、頭に浮かんだのは「お城」だった。有名なテーマパークにあるような夢のお城。でも、これは食べられる建造物で、食べると目ではわからなかった驚きがひとくちごとに訪れる。謎解きをするようにパフェの名の理由もわかる。

もうひとつのパフェも頼み、ゆっくりと時間をかけて味わった。「マンゴーとアールグレイのパフェ」は酸味と甘味のバランスが良く、食べる前からふわっと甘酸っぱい香りがした。

食べ終えて、楽しかったなと思った。美味しいのはもちろんだけれど、パフェが運ばれてきたときの目の喜び、グラスを掘り進めていくわくわく感、想像と実際の味とのギャップ、そのすべてが楽しく、刺激的だった。それは、自分で用意したら半減してしまうもので、私にとってパフェとは純度の高いエンターテインメントなのだと改めて実感した。

テーマパークの裏側を知っても楽しめる人はいるけれど、パフェに関しては見ずに楽しみたい。パフェがやってくるのを待ち、完璧な姿を壊して味わいたい。一期一会の瞬間に集中して、満足の息を吐き、夢見心地で店をでたい。そこまでが私にとってのパフェなのだと思う。

二〇二〇年六月二十六日

プールサイドのハンバーガー

「またいつか、ジム飯」で書いたジムが再開し、週一回ほど通っている。いろいろなレッスンが受けられる。ここのところ続けて受けているのがトランポリンのレッスンだ。トランポリンといっても直径一メートルほどの、大太鼓を横にして平たくしたような小さなものだ。その上で、音楽に合わせて跳ねながら踊る。

まったくできない。音楽はいつもなら絶対に聴かないようなアップテンポの洋楽だ。振りつけには髪をかきあげる仕草なんかがある（おかっぱなのに）。合わせられるわけがない。おまけに足場はトランポリン。バランスは取りにくいし、高く飛びすぎるとテンポがずれる。焦ると、吹っ飛んでトランポリンから落ちる。先生に「お腹に力を入れてー」と声をかけられても、私は軟弱な体幹をふにゃふにゃさせながらボヨンボヨンとリズムに乗れずに跳ねている。

汗だくのレッスンを終えトランポリンから降りると、ずんと空気がのしかかってきたような感覚になる。重い。うまく跳べていなかったくせに、弾まない体が急に不自由なものに感じられ、また乗りたくなる。

この感覚を知っている、と思う。懐かしい。なんだろう、なんだろうと思いながらジムをでて、ハンバーガーのチェーン店を見かけて思いだす。プールだ。さんざん泳いでプールからあがったときの体の重さが、トランポリンを降りたときの感じと似ているのだ。そして、ハンバーガーショップを見かけると、私の頭の中にはプールサイドがよぎる。

アフリカに住んでいた子供の頃、家にプールがあった。深いところは青緑色で足が届かない、けっこう大きなプールだった。私は妹と暇さえあれば水に飛び込み、唇の色が変わるまで何時間も泳いで過ごした。自然、泳ぎはうまくなる。帰国した後、水が恋しくなって市民プールで泳いでいたら、水泳教室の大人や老人たちに「イルカだ」「河童の子じゃあ」とざわめかれたくらい、私も妹も水に馴染んでいた。

当時はアメリカンスクールに通っていた。日本人のクラスメイトはおらず、友人はカナダ人だったりドイツ人だったりした。彼らの家にも立派なプールがあった。遊びにいくと、彼らの親たちはプールサイドにバーベキューセットをだした。我が家でも庭でバーバキューをすることがあったのでめずらしいものではなかったが、プールサイドで焼くのはスペアリブや野菜ではなかった。水着姿の大人たちはソーセージやミートパテ、そして、パンを焼き、ホットドッグやハンバーガーを作っては、子供たちにおやつとして振る舞ってくれた。友人たちは濡れた体のまま思い思いにケチャップやマスタードをかけ、かぶりついていた。甘い炭酸をぐびぐび飲み、またプールに戻ってくる。

差しだされたハンバーガーにたじろいだ。プールサイドでものを食べることに抵抗があった。水に満ちたプールは、私の中では浴室と同じで、浴室でものを食べることは親から禁じられていたからだ。湯船に浸かってアイスを食べようとして怒られたことがあった。「風呂場は汚い。大腸菌だらけだ。ものを食うところじゃない」と理系の父は言ったが、よく考えると、じゃあなぜそんな汚いところで体を洗うのか。汚いところできれいになれるものなのか。プールは体を洗う場所じゃないからいいのか。いや、でもプールからあがったらシャワーを浴びなさいと言われている。それって、プールが汚いからじゃないのか。混乱したまま、ハンバーガーを受け取った。軽く焦げ目が入ったバンズをめくり大きなケチャップを絞る。マスタードは入れなかった。齧ると、ぬるくなった胡瓜のピクルスがぐにっと潰れて酸っぱい汁をだした。肉のパテはつなぎなんかないんじゃないかというくらいに肉そのものだった。体が冷えているので温かいものは嬉しいが、水面で反射した太陽光に目がちかちかして味がよくわからない。ぎゅっぎゅっと噛んで飲み込み、なんとか平らげた。

食べ終えて、手を洗わなくていいのかと悩んだ。友人たちは誰もそんなことを気にしていない。陽気な声をあげ、ケチャップを口の端につけたままプールに飛び込んでいく。あ、と思ったが、止める間もない。仕方なく自分もプールに戻ったが、水から顔をだす度、焼ける牛脂の匂いが鼻をくすぐる。だんだん、薄く水に溶かしたハンバーガーの中で泳いでいるような気分になってきた。体が冷えていてうまく消化できないのか、水圧のせいか、ハンバーガーの匂いのげっぷが込みあげる。水中の浮遊感に、ハンバーガーを詰め込んだ胃だけが馴染めないでいる。結局、私は気持ちが悪くなり、腹を下した。

どうして他の子は平気で飲み食いできるのか不思議だった。プールの後、着替えてからおやつを食べたりジュースを飲んだりするのは平気だったが、泳ぎながらハンバーガーやホットドッグをぱくつくことはどうしても体が受けつけなかった。いまだに、海でバーベキューやスイカ割りをしたり、ホテルのプールサイドでカクテルを飲んだりする人に驚きを隠せない。健啖家だと思われているが、スポーツのさなか、手足や筋肉に意識がいっているときに、胃腸や肝臓を働かせられる屈強さは私にはない。水辺で旺盛に飲み食いができるなんとなく派手な人々に引け目を感じ、羨望を覚える。

ジムが習慣化すると、運動後の暴食はしなくなった。トランポリンの後は重い体をひきずって搾りたてのジュースを買いにいく。ハンバーガーを食べてみたいな、と思うが、ビーフジャーキーで我慢する。家に戻り、ひと息つくと、ことんと寝てしまう。穴に落ちるような眠りはやはりプールの後の昼寝によく似ている。

あとかた姫

両親と妹家族と温泉に行った。半年ぶりに会った姪は私を見上げると「あかねちゃん」と言った。認識された途端、いままでとは違う情が芽生えたのを感じた。「みてー」と小さな手でお気に入りのスカートの裾をつまむ。欲しいものを欲しいと言えず「これ、なあに?」と知っているのに訊いてくる。前に会ったときは不明瞭な言葉を叫ぶしかできない赤子だったのに。

姪のことは「あとかた姫」と呼んでいる。編み込みをした後ろ姿が、私の著作『あとかた』単行本の表紙絵にそっくりだから。妹が丁寧に編む髪の毛は細くて、私と同じ黒色なのに日差しを溶かしたような光沢がある。この髪質も変わっていくのだろうか、と思いながら写真を撮った。

あとかた姫が生まれたのは二年ほど前で、一報をもらったとき私は仕事で東京にいた。打ち合わせを終えると新幹線に乗ってすぐに向かった。病室の妹は疲れきっていた。頬がこけ、顔色が悪く、下腹部を押さえては痛い痛いと背中を曲げた。反面、新生児室のあとかた姫はむちむちと元気そうだった。同時期に生まれた赤子たちよりひとまわり大きく、どっしりした体は栄養がみなぎっている感じがした。妹の生命力が吸い取られたように感じて不安になった。数時間おきの授乳でろくに眠れない妹の憔悴(しょうすい)ぶりを見て、頼むから早く大きくなってくれよ、と祈るように思ったのを覚えている。

あの頃の赤子と今のあとかた姫は別人のようだ。一年前に会ったときとも違う。去年の秋に会ったとき、彼女はものすごい食欲で、大人たちが食べるものをなんでも欲しがった。三家族で窯焼きピザの店に行ったのだが、妹がタッパーに持ってきた自分の食事だけでは飽き足らず、大人と同じように三種類のピザと二種類のパスタを食べ、お腹をぱんぱんに膨らませていた。パフェを食べる私を羨ましそうに見つめるので、「ちょっとだけだよ」とひと匙あげると目を見ひらき歓喜の叫び声をあげた。あまりに興奮してしまい、店から連れださなければいけないほどだった。「生まれてはじめてパフェを食べた人間の顔」は強烈に印象深く、パフェを食べる度に思いだす。

あとかた姫は今も食いしん坊には違いないのだが、服やアニメにも興味がでてきた。『アナと雪の女王』に夢中だ。食べものの好き嫌いもでてきたと妹は言う。ご飯の山に旗をたてた、お子さまプレート的なものを嫌がるので、旅館の食事は大人と変わらないものを用意してもらった。スズキの潮(うしお)仕立て、マナガツオの幽庵焼き、夏野菜の海老そぼろ餡といった美しい皿や椀を前に、あとかた姫はオレンジジュースを一気飲みして食事をはじめた。豆とトマトが好きなようで、自分の分を食べてしまうと、大人たちのを欲しがる。朝食時はみんなの海苔を一枚ずつ分けてもらっていた。

　妹の小さい頃みたいだなと、思う。好きなものがあると急いで食べて、私がまだ食べ終えていないとじっと見つめてきた。食が細かった私は自分の好物でなければ喜んであげていた。姉妹で、同じ家で育っているのに、好き嫌いが違うというのが不思議だった。自分とは異なる人間なのだと思った。

　あとかた姫の面倒をみながら食事をする妹に、「あなたはチーズが好きだったよね」と言うと「えーそうだっけ」と意外な顔をされた。忘れているようだ。イカが好きだったことも、甘海老が好きだったこともある。学生の頃は「シフォンケーキをパン代わりに食べたい」と請われ、菓子作りにはまっていた私は毎週末シフォンケーキを焼いていた時期があった。妹は嬉しそうにシフォンケーキを朝ごはんにしていたが、夜食はちくわをスライスチーズで巻いたものをこっそりと食べていた。そういえば、父はみかんゼリーが好きで、私はオレンジジュースとみかんの缶詰を使い、大きなタッパーにみかんゼリーを作っていた。今は二人ともシフォンケーキもみかんゼリーも欲しがらない。

　私は小さい頃から芋や餅が好きでマヨネーズが嫌いで、食の嗜好はあまり変わらないとは思っているが、ときどき母から「茜の好物」と予想外の食べものが送られてきて驚く。「違うよ」と反論しても、「昔はすごく喜んでいた」と言われると、自分の中に自分じゃない自分がいるようで薄気味悪くなる。自分が知らない自分を知られているのも、なんだか落ち着かない。十代の頃、赤子の頃の自分を知っているおばさんたちが苦手だった。「おむつを替えたのよ」などと言われても恥ずかしいだけだし、私が記憶していない私は私じゃないと面白くない気分になった。

あとかた姫が大きくなったとき、聞かれない限りは昔の話はしないようにしたい。昔のあなたを知っているなんて変なマウントを取らずに、ちゃんと、そのとき、そのときの彼女を見て、言葉を聞いて、情報をアップデートしていたいなと思う。

でも、煮物の椀の中から一生懸命に青いサヤインゲンを探す今の彼女が好きなのだ。ぽよぽよの腕の感触、汗で張りつく細い髪、妹が小さい頃とはまた違う体臭。海苔をあげても服をあげても同じ笑顔で「あかねちゃん、ありがとー」と言う彼女や、遊んだあとの玩具を妙に几帳面に片付けたりする彼女を、忘れたくない。たとえ、彼女の記憶に今の私が残らないとしても。どんなに写真や動画を撮ってもすべては残せない。『あとかた』は遺せないものを描いた連作集だった。とどめられない切なさは成長に必ずつきまとう。

食事を終え、ひとしきり遊んだあとかた姫を寝かしつけるため、ほろ酔いの妹が億劫(おっくう)そうに立ちあがる。襖(ふすま)の前でふり返り、「姉ちゃん、つまみにチータラ持ってきたからさ、あとで食べようよ」とこそっと言ってくる。なんだ、やっぱりまだチーズが好きなんじゃないか、と笑いそうになったが黙っていた。好物のかけらがかたちを変えて残っていくのを見守るのも楽しいかもしれない。

赤い纏

子供舌なのだと言う人に連れていってもらった居酒屋に「赤玉」というメニューがあった。訊くと、赤ウインナーと玉子だという。うれしくなり、頼んだ。レモンサワーを飲み、ポテサラや鰯明太（いわしめんたい）なんかをつついていると、小ぶりなフライパンにのった半熟の炒り玉子がやってきた。切り込みを入れタコに模した赤いウインナーが、偽物の足をぴょんぴょんだして玉子に埋もれている。黄色の中のまぶしい赤に笑みがもれた。

赤いウインナーに出会うと、うれしい。前に出会ったのは去年の春で、大阪の商店街を歩いているときに屋台で食べている人を見かけた。「あ！　赤いウインナーだ！」と私は騒ぎ、友人は苦笑しながらも一杯付き合ってくれた。油でてかてかと光る赤いウインナーは、やはりタコにしてあって、マヨネーズとケチャップがたっぷり添えられていた。味はよく覚えていない。見つけたうれしさが味の良し悪しを超えてしまうのだと思う。喫茶店のクリームソーダについてくる缶詰のサクランボに似ている。生のサクランボのほうが美味しいのはわかっているのに、緑のソーダと白いアイスには人工的な赤がよく似合う。

実家では赤ウインナーが禁じられていた。赤ウインナーだけでなく自然でない色の菓子やインスタント食品全般が食べてはいけないものとされていた。着色料は体に悪いと両親は言い、家ででてくるソーセージは皮膚っぽい色をした粗びきのものが多かった。しかし、私は粗びきソーセージが苦手だった。今も脂身が苦手だが、昔は脂の匂いですら駄目だった。私にとっての肉は赤身で、ソーセージは肉と脂身を潰してこねたもの、と思っていた。それを動物の腸に詰めるなんて大変に猟奇的な食べものだと恐怖を覚えた。その腸である皮が歯の間でぶちっと裂けると、溶けた脂身がじゅっと口にひろがる。CMではパキッとかポリッとか軽快な音をたて笑顔で食べていたが、私は食べるたびにぞくっとしていた。焼いて時間がたったソーセージはしわしわで、断面に白い脂肪の塊を見つけると食欲がなくなった。友人の弁当箱に入った赤ウインナーの断面はまったりとしたピンクで、肉加工品というよりはかまぼことかはんぺんとかいった単調で平和な練りものに見えた。赤ウインナーを切望する私のために母は粗びきソーセージをケチャップで炒め赤くしてくれたが、断面すらケチャップで隠されたことでいっそう不穏感が増した。もう私は魚肉ソーセージでいいよ……、と朝食や弁当時に祈るように思っていた。

そもそも、なぜ赤ソーセージとは言わず赤ウインナーなのだろうか。ウインナーはウィーン風という意味だが、絶対にウィーン由来ではないだろう。腸を使っているかどうかも定かではない。肉のはずなのに、わざわざタコやカニの形にしたりする。いろいろ嘘くさくて、玩具みたいに見える。それがとても魅力的だった。

しかし、もう大人なのだ。好きなだけ赤ウインナーを食べても誰にも咎められない。そう気づいて、スーパーで赤ウインナーを探した。練りものの棚にはなく、加工肉の棚にあった。思ったよりいろいろな種類がある。丸っこくて小さいものや親指より太くて長いもの、タコ用の切れ目が入ったり、チーズが格納されていたりするものもあった。植物由来の色素で色づけされ、アレルゲン表示もされて、健康にも配慮されている。でも、どれも絵具で塗ったように赤く、「赤ウインナー」と表記してある。やはりソーセージではないのだ。

大きいのと小さいの、二袋を家に持ち帰り、フライパンで炒めることにした。油をひかないで、と書いてあって驚く。そして、タコの切れ目を入れるのが意外と難しかった。八本の足の幅が均等にならない。まな板に屈み込み、包丁の先で安定しない赤ウインナーにひとつひとつ切れ目を入れる。めんどい。世の中の親は忙しい朝にこんなことをやっているのか。

フライパンの上で転がすとだんだん足がひらいてきた。同時に脂もどんどんでてくる。その量にちょっとひるむ。店で見かけたタコさんウインナーたちは確かにどれもてらてらと輝いていた。あれは己の脂だったのか、とショックを受ける。脂身のない食べものだと思っていたが、脂部分が見えなかっただけなのだ。ちょっと焦げ目をつけ、最後に立てて足の裏を押しつけるようにすると、足がくるんとタコっぽくなった。意気揚々と皿に盛る。

赤いウインナーたちを見た殿こと夫は「纏みたい」と言った。「まとい?」「ほら、江戸の火消しが持ってる白い房飾りのやつ」え、と思う。確かに、言われてみればそう見えなくもない。「足が多いんだよ」と、殿が合点がいったように声をあげる。「でも、タコは八本だし……」と言いつつ不安になりタコさんウインナーの画像を検索してみると、ほとんどが六本足だ。大阪で食べたものなど四本足だった。タコの姿すらちゃんとなぞられていない。どこまでも偽物。しかし、偽物のタコさんウインナーのほうがタコらしく、私の作った足を散らばらせるウインナーは纏にしか見えない。しかも、赤い纏って炎を援護しそうで不吉ではないか。うなだれて、灼熱地獄みたいな皿を黙々と空にした。

纏と思って食べたからか、興奮するほどは美味しくなかった。むしろ、炒めている間の匂いで胸がちょっともたれてしまって、最後のほうは苦しく食べた。二袋は多すぎたのかもしれない。きっと赤ウインナーは二、三個でいい。弁当の蓋をとったらちょこんといたり、居酒屋の小さな皿でつつき合ったり、そのくらいでいいのだ。そして、たぶん誰かの手によってタコの形にしてもらうことに意味がある。その子供じみた甘やかしがうれしさに繋がるのだろう。

しつこくつきまとうもの

夜の飲食店街が暗くなった気がする。私が住む京都でも、仕事で訪れる東京でも。きっとコロナのせいだと思いながらも、以前より外食が減り、三名以上での会食もしなくなった自分もこの暗さに加担しているのだとわかっている。ラストオーダーの時間も心なしか早くなった。まだ皿には料理が残っているのに、ついぎりぎりまで追加してしまう。満たしたいのは時間なのか胃なのかわからなくなる。この先どうなるんだろうね、あのお店なくなったら嫌だね、と話しながら、自分はどうしていきたいのかと自問する。好きな飲食店を助けたいと思いながらも、助けるための食は果たして純粋な食欲なのかと考える。こんな悩みが生まれることを、この連載をはじめる頃は想像もしていなかった。

変わらないものはない、ということを前作『わるい食べもの』の中で書いた記憶がある。悔いたはずなのに、やっぱりわかったつもりになっていたのだと、コロナ禍の中で思い知らされた。もしかしたら一生、私はそのことを身体で理解できないのかもしれない。食べることは不変と思いたいけれど、いまはとても疑いがある。この先、食べずに生きる術を人類は見つけてしまうかもしれない。それをつまらないなと思う私の感情も、慣れや病気が奪っていかない保証はない。

食べることには正直でいたかった。自立した大人として生きているのだから、食べることくらい自由にしたかったし、その意志が肯定される世の中であれ、と思ってはじめた連載だった。行きたくもない飲み会や形式だけの会食で食べたくもないものを食べなくてもいいのだと書き連ねるつもりが、緊急事態宣言下になってみれば、それすらも恋しくなる。自分の中の自由の意味すら状況によって変わってしまうことに気づいた。

嗜好品への愛着は増した。自粛明けに、ずっと行ってみたかった雑貨屋に行った。感染防止のために予約制をとっている小さな店は、古い英国の茶器やアクセサリー、北欧のデザイナーのポーチやトレイやコースター、凝ったカードや色とりどりのノートブックといった美しいものでいっぱいだった。どれも店主がひとつひとつ選んで並べていることがわかり、豊かな気持ちになった。

私は茶用の盆を二つ買った。包んでもらっている間、店主とお喋りをした。「ままならないことも多いですが、毎日、お茶をしています」と彼女は言い、「私もです」と頷いた。マスクの下で微笑んでいるのが伝わってきた。

仕事の合間に数十分、好きな茶器で好きな茶を淹れ、甘いものを食べる。胃を満たす目的でないその時間が、自分が信じるものを肯定してくれる気がした。世の中が変わっていったとしても、好きな香りや好きな時間は変わらないことを確認したかったのだと思う。自粛期間中は儀式のように茶をして、小さな不変にすがりついていた。いや、昔から、揺らぐと茶を淹れていた。自分のかたちを確かめるように。それで先の不安がなくなるわけではないけれど、自分が自分でいる時間を作ることが私にとっては大切だった。

ひとりの茶の時間、家族との食事、友人との食べ歩き、飲み会、様々な食の場にそれぞれ大切な自分はいて、生活習慣が変わると、そこにいた自分は失われたように感じてしまう。だから、喪失感がある。どんなに自炊が充実しても、外食で得られる喜びとは違う。人との食事が恋しくてオンライン飲み会をしても、現実と同じではなく、欠けているという感覚が残ってしまう。食べものにそんな寂しい味はつけたくなくて、オンライン飲み会はすべて退けたが、実のところ、変化に慣れてしまいたくなかったのだと思う。

今作では、コロナ禍に関わる回に書いた日の日付を入れている。月二回のWEB連載だったため、世界規模での厄災の中、リアルタイムで文字をつむぐことに迷いが生じてしまった。「歯がでる」を書いている辺りだ。休載を申しでた私を、担当T嬢は根気強く説得してくれ、日付を入れて書くことを決めた。記録になりますから、と言われ、妙に腑に落ちたのを覚えている。変化をエッセイとして記すことが怖かった。記録ならば書けると思った。T嬢はいつだって、私が書き続けるための言葉をくれる。

でも、本当は日付なんて入れずにつらつら食べものへの文句や称賛を書きたかった。感染や飲食店の心配なんかしたくない。なにも考えずに欲望のままに美味を追いかけたい。この食い意地は、もう業みたいなものだと思っている。それでも、しつこく、しつこくつきまとう食に今年ほど救われた年はない。

二〇二〇年十二月

初出
ホーム社文芸図書WEBサイト「HB」
https://hb.homesha.co.jp/（2018年12月〜2020年10月掲載）
※「フリーダム・オブ・味噌汁」「移動飯」は書き下ろし

装画・挿画　北澤平祐
装丁　川名潤

千早 茜（ちはや・あかね）

1979年北海道生まれ。小学生時代の大半をアフリカで過ごす。立命館大学文学部卒業。2008年『魚神』で小説すばる新人賞を受賞しデビュー。同作で泉鏡花文学賞受賞。13年『あとかた』で島清恋愛文学賞受賞、直木賞候補。14年『男ともだち』が直木賞と吉川英治文学新人賞候補となる。著書に『わるい食べもの』『西洋菓子店プティ・フール』『犬も食わない』（共著・尾崎世界観）『透明な夜の香り』などがある。

しつこく　わるい食べもの

２０２１年２月28日　第１刷発行

著者　千早茜

発行人　遅塚久美子

発行所　株式会社ホーム社
〒１０１－００５１
東京都千代田区神田神保町３－29　共同ビル
電話　編集部　０３－５２１１－２９６６

発売元　株式会社集英社
〒１０１－８０５０
東京都千代田区一ッ橋２－５－10
電話　販売部　０３－３２３０－６３９３（書店専用）
読者係　０３－３２３０－６０８０

印刷所　凸版印刷株式会社

製本所　株式会社ブックアート

ISBN978-4-8342-5343-6 C0095

ホーム社の単行本

わるい食べもの

千早茜

「いい食べもの」はもうたくさん。
気高き毒気が冴えわたる、異色の食エッセイ第一弾！
「食」を通じ、日常や創作秘話、常識への疑問まで多彩につづる。
人気イラストレーター・北澤平祐氏の挿画も多数収録。